中公文庫

ちぎれ雲 (一)

浮遊の剣

富樫倫太郎

中央公論新社

目次

第一部　猪母真羅《いぼまら》　13
第二部　果たし合い　94
第三部　刺客　213

登場人物

麗門愛之助《れいもんあいのすけ》　その日暮らしの生活をしているが、実は大身旗本の次男坊。美丈夫の上、猪母真羅《いぼまら》持ちで、女たちが放っておかない。剣は放念無慚《ほうねんむざん》流の達人。

天河鯖之介《てんがさばのすけ》　愛之助の親友。愛之助とは対照的な醜男《ぶおとこ》で貧乏御家人。だが剣の腕は愛之助と互角の力量。

御子神検校《みこがみけんぎょう》　愛之助が用心棒を務める、盲目の金貸し。

三枝如水《さえぐさじょすい》　神田花房町《はなぶさちょう》の陵陽館《りょうようかん》の主《あるじ》。愛之助、鯖之介の放念無慚流の師匠。

唐沢佳穂《からさわかほ》　愛之助の友人・潤一郎《じゅんいちろう》の妹。美貌だが男勝り。剣術の腕を磨いている。

麗門蔵之介《くらのすけ》　号を玉堂《ぎょくどう》。愛之助の父。家督を雅之進に継がせ隠居の身。

麗門雅之進《まさのしん》　愛之助の兄。北町奉行。

本多忠良《ほんだただよし》　老中。下総古河《しもうさふるかわ》藩主。

帰蝶《きちょう》　本多忠良配下の密偵。

煬帝《ようだい》　江戸の街を震え上がらせている、正体不明の冷酷無比な盗賊団。

ちぎれ雲（一）　浮遊の剣

「ありました」

覆面で顔を隠し、黒装束に身を包んだ男が部屋に走り込んでくる。

「どれくらいあった?」

部屋の中央に立って、腕組みした男が静かな声で訊《き》く。この男も覆面と黒装束だ。

「千両箱が三つありました」

「中を調べたか?」

「え」

「千両箱の中身が一千両だとは限らぬではないか。石ころかもしれぬぞ」

「そ、それは……」

「確かめてこい」

「はい」

男が部屋から走り出る。

「急がねば」

腕組みした男の隣には白刃《しらは》を手にした男がいる。

「わかっている。しかし、せっかく、ここまでやりながら、あとから無駄《むだ》働きだとわかったのではどうにもならぬ。念には念を入れなければ、な」

「だが、すぐにも捕り方が……」

「金の隠し場所は教えたじゃないか。さっさと出て行ってくれ」

白髪交じりの頭をした中年男が悲鳴のような声を上げる。

その中年男のそばには、妻と二人の子供、それに老母、子供たちの乳母《うば》がいる。

江戸では名の知れた油問屋《あぶらどんや》の主《あるじ》一家である。

その油問屋が、ある夜、何人かの盗賊に押し込まれ、主の一家は広間に集められた。皆、寝間《ねま》着姿だから、寝ているところを襲われたのであろう。

この家には住み込みの奉公人が七人いる。押し込まれた初めのうちこそ、叫び声や荒々しい物音が聞こえていたものの、今では何も聞こえなくなっている。盗賊たちに殺されてしまったのであろう。

盗賊たちを指図《さしず》する男が、

「金は、どこに隠してある？」

と主に問い質《ただ》し、主は隠し場所を答えた。

盗賊の手下が隠し場所で三つの千両箱を見付けたが、本当に小判が詰まっているかどうか疑い、中身を確認しろ、と手下に命じたわけである。

やがて、その手下が戻ってくる。

「中身は小判じゃありませんや。石ころではありませんが、ほとんど銭ばかりです。いくらか銀の小粒が交じってはいますが」

「そうだろうな。ここの主は馬鹿ではない。盗賊に押し込まれたときの用心に千両箱に端金《はしたがね》を詰め込んでいたのだ。本当の財産を守るためにな」

やれ、と小さくうなずくと、隣にいた男が主一家の方に一歩踏み出して刀を振るう。

乳母の首筋から血が噴き出す。

悲鳴も上げずに横倒しになる。

妻や老母は、ひぇーっと震え、子供たちは母にすがって泣き叫ぶ。

「おまえは、わしらを騙《だま》そうとしたな。自分たちの命よりも金を守りたいのか」

「え、え、いや、その……そんなつもりは……」

「金は、どこにある？」

「あ……でも、金は、あれが本当に……」

「やれ」

「は」

血の滴《したた》る刀がまたもや一閃《いっせん》する。

今度は老母が斬られた。

よほど腕がいいのか、一太刀で相手は絶命する。

今度も悲鳴は上がらなかった。

「何をするんだ〜」

主が老母に取りすがる。

「おまえは家族よりも金を大切にしたいらしい。腐りきった幕府役人とつるんで手に入れた金がそんなに惜しいか？　おまえのせいで庶民が苦しんでいるのに知らん顔か？　さすがに腹黒いな。妻と子よりも金が大事かどうか確かめよう。次は妻と子供たちを殺す。最後に、おまえを殺す」

「あなた、言って下さい。お金なんて渡して」

妻が血走った目で主の袖を引く。

「言ったところで、どうせ殺されるのだ」

「ならば、順繰りに死んでもらうだけのこと」

「待て、待ってくれ。言う。言うから、殺さないでくれ」

頼む、頼む、と胸の前で両手を合わせて拝む。

「さっさと言うがいい」

「仏間だ。仏壇の裏に隠してある。仏壇をどければ、隠し扉がある。それを開ければ金がある」

「行け」

手下に顎《あご》をしゃくる。

「頼む、家族の命だけは助けてくれ」

「それは、おまえ次第だろう」

そこに手下が戻ってくる。

「金がありました」

「いくらあった」

「千両箱が六つです。中身も確認しました。小判がぎっしり詰まってました」

「六千両か。まあ、そんなものだろうな」

「さっさと出て行ってくれ」

「よかろう。おい」

自分は一歩後退《あとずさ》り、手下どもに、やれ、と合図をする。

たちどころに主夫婦と二人の子供たちが斬られる。

懐紙《かいし》で刀の血を拭い、刀を鞘《さや》に収めながら、

「子供たちまで殺す必要があったのだろうか」

と、手下の一人が溜息をつく。

「情けを捨てよ。鬼になるのだ。鬼にならねば、世直しなどできぬぞ」

「わかってはいるが……」

「行くぞ。火を放て。長居は無用」

六人の死体が転がる部屋を飛び出すと、盗賊たちは家のあちこちに火を放ち、仏間から金を運び出して外に出る。

盗賊たちを指揮する男は懐《ふところ》から紙の束を取り出す。

押し込んだ家の近所の家々に、その紙をぺたぺたと貼っていく。時間がなくなると、余った紙を路上に投げ捨てる。

その紙には、
世直し煬帝《ようだい》参上
と黒々と墨書されている。

第一部　猪母真羅《いぼまら》

一

俗に深川《ふかがわ》七場所と呼ばれる。

富岡《とみおか》八幡宮の周辺にある仲町《なかちょう》、土橋《つちはし》、櫓下《やぐらした》、裾継《すそつぎ》、新地《しんち》、石場《いしば》、佃《つくだ》の七つの岡場所のことである。このうち、仲町、土橋、新地の三つが最も賑《にぎ》わっている。

新吉原《しんよしわら》に行くほどの金がない男たちや、金はあるものの新吉原の格式張った匂いを嫌う男たちが、気楽に遊ぶことのできる岡場所にせっせと足を運ぶのである。

仲町に見世《みせ》を構える桔梗《ききょう》屋は人気のある妓楼《ぎろう》で、夕暮れどきともなると、どっと客が押し寄せ、たちまち満員御礼となる。人気の理由は、いい妓《おんな》が揃っていること、酒と料理がうまいこと、接客が丁寧だということである。当たり前すぎる理由だが、その三つが揃った見世というのは、そうあるものではない。

その分、他の見世よりいくらか割高だが、それを気にする客はいない。新吉原ほどではないが、深川の遊郭にも多少の格式があり、桔梗屋は上中下で分ければ、上の部類に入る見世である。

桔梗屋は、懐の淋《さび》しい一見《いちげん》客は相手にしない。ほとんどが馴染《なじ》み客で、そうでなければ、馴染み客に紹介された客である。そのせいで客筋がいいのだ。

とは言え、客筋の善し悪しにかかわらず、男たちが求めるものは同じである。美しく、ふくよかな女体だ。

金払いのいい客は、すぐに妓と同衾《どうきん》するような野暮な真似をせず、まずは幇間《ほうかん》や女童《めわらわ》を踊らせたり、笛や太鼓の音楽を楽しんだりしつつ、気に入った妓を横にはべらせて酒と料理を楽しむ。妓と寝るという楽しみを最後に取っておくわけである。こういう形で散財してくれる上客は見世にとってもありがたい存在である。

そんな粋な客ばかりではなく、妓を抱くこと以外に興味のない客もいないではないが、野暮な客は妓に嫌われるものだ。

もっとも、時間をかけるか急ぐかという違いはあるにしろ、寝たがるのは客で、妓が寝たがるわけではない。その点は同じだ。

たまに、そうではない客もいる。

例えば、麗門愛之助《れいもんあいのすけ》である。

愛之助が、まずは酒や料理を楽しもうと思っても、妓の方が許してくれない。

今も、そうだ。

鈴風《すずかぜ》は馴染みの妓で、もう何度も寝ている。

にもかかわらず、愛之助が部屋に入るや否や、自分が着ているものをそそくさと脱ぎ捨てて裸になり、愛之助も裸にして、布団に誘う。

「おいおい、そんなに慌てなくてもよかろうぜ」

「何をおっしゃるんですか。愛さまがいらっしゃるのをどれほど待ち焦がれていたことか。検校《けんぎょう》さまは、お泊まりにならないでしょうし、わたしは時間が惜しいんですよ」

「仕方ねえなあ」

愛之助が仰向けに体を横たえると、鈴風が肌を合わせてくる。夢中になって、なめたり、さすったり、頬擦《ほおず》りしたりする。

普通の男であれば、とっくに昇天しているであろうが、愛之助に、その気配はない。気持ちよくないわけではないが、一日に一度は女を抱くという男だから、いくらでも平常心を保っていられるのだ。

「愛さま」

「ん？」

「わたし、もう駄目です。どうにも我慢できませんよ」

「早いな」

「だって……」

鈴風が愛之助の下半身に目を凝らす。

「この猪母真羅《いぼまら》、見ているだけでも濡れてしまうのに、触ったり、なめたりしたら、頭がおかしくなっちまいそうですよ」

大きいというだけなら、そう珍しいことではない。

しかし、愛之助の陽根には、もうひとつ大きな特徴がある。いぼがあるのだ。しかも、四つある。

俗に猪母真羅と呼ばれ、これを持つ男は十万人に一人いるかどうかというほど珍しいものだ。

それ故、一度でも猪母真羅を味わった女は、その魔力から逃れられなくなってしまうという。素人女であろうと、玄人女であろうと、それは変わらない。

現に鈴風が、そうである。

二十六歳の愛之助は、すらりとした体つきの、苦み走ったいい男である。

旗本の次男坊に生まれて苦労なく育ってきたし、剣を持てば放念無慚流《ほうねんむざん》の達人だ。

女に好かれる要素がこれでもかというくらいに揃っているが、愛之助に女たちが群がる最大の理由は、何と言っても、猪母真羅なのである。

猪母真羅を愛《いと》おしそうにさすりながら、これを下さい、どうかわたしに下さい、と鈴風が懇願するので、

「よかろう」

愛之助は体を起こし、鈴風を体の下に組み敷く。

鈴風が愛之助にしがみつく。

やがて、鈴風の息遣いが荒くなり、半開きの口からは涎《よだれ》が垂れ、目が虚《うつ》ろになる。

愛之助を放すまいとするかのように両手で愛之助の背中に爪を立てる。

そこに、障子《しょうじ》がすーっと開き、すもという女童が、お邪魔いたします、と声をかける。

「どうかしたのか?」

「検校さまが」

「腹上死でもしたか?」

「お侍さまに絡まれて困っていらっしゃいます」

「侍に?」

「美吉野《みよしの》さまを自分の座敷に寄越せと……。かなり酔っていらっしゃるようなのです」

「刀を持ってるのか?」

「脇差しですが」

「ちっ」

愛之助が鈴風から体を離す。

鈴風は放心状態で布団の上に横たわったままだ。

手早く身繕《みづくろ》いすると、愛之助が部屋を出る。すももに案内されて廊下を渡っていく。

御子神《みこがみ》検校は、あくどいやり方で巨万の富を築いた盲目の金貸しだ。六十過ぎの老人で、有名な吝嗇家《りんしょくか》だが、気に入った女にだけは惜しみなく金を使う。今のお気に入りが美吉野という妓である。

高利で金を貸し、取り立ては情け容赦がないので御子神検校を恨む者は多い。彼らの復讐を怖れて、出かけるときは、仁王丸《におうまる》という巨漢の用心棒を連れ歩いている。元力士の仁王丸は三十歳で、腕っ節は強いが、おつむは、ちょっと弱い。日中、人通りのある往来を出歩くには仁王丸だけで十分だが、夜道を深川から屋敷まで戻るとき、たとえ駕籠《かご》に乗ったとしても仁王丸だけでは不安らしく、愛之助を臨時の用心棒として雇う。楽な仕事だし、手間賃も悪くないから、愛之助もふたつ返事で引き受ける。

実際、これまでに二度ほど夜道で襲われているが、いずれも愛之助のおかげで、検校は傷ひとつ負わずに済んだ。

「あそこでございます」

「うむ」

すももに教えてもらわなくても、廊下にまで怒鳴り声が聞こえているから、愛之助にもわかる。

部屋を覗《のぞ》くと、隅の方に幇間や女童が肩を寄せ合って不安そうな顔をしている。

中年の侍が部屋の中央で喚《わめ》いている。四十くらいの年格好である。かなり酔っているらしく、顔が真っ赤だ。目が据《す》わっている。そばに二十代半ばくらいの若い侍もいて、何とか中年侍を宥《なだ》めようとしている。

御子神検校は上座に腰を下ろし、平気な顔で盃《さかずき》を口に運んでいる。横に美吉野がいる。検校の背後に仁王丸がいる。かなり興奮している様子だが、恐らく、検校に動くな、と命じられているのであろう。

二人の侍の腰には脇差しがある。いかに力自慢の仁王丸であろうと素手では刃物にかなわない。だから、検校が止めているのに違いない。

「何事ですかな?」

愛之助が声をかける。

「遅かったな。こいつらを追い払ってくれ」

検校が言う。

「何だと、この座頭めが」

「おやめ下さいませ、芹沢《せりざわ》さま。こんなところで騒ぎを起こしては……」

「うるさい。引っ込んでおれ、渋沢《しぶさわ》。そもそも、おまえの要領が悪いから、こんなことになったのではないか」

「なあ、少しの間でいいのだ。向こうで酒の相手をしてもらえぬだろうか。そうすれば、芹沢さまの気も治まるのだが」

渋沢という若い侍が懇願するような眼差しを美吉野に向ける。

（そういうことか……）

妓楼では、よくあることである。

売れっ子には何人もの贔屓《ひいき》客がついている。当然、美吉野も、そうだ。贔屓客がかち合ってしまったのであろう。

そんなとき、妓楼の側では贔屓客の機嫌を損なわないように、妓を回す。ひとつの部屋にだけいるのではなく、他の部屋にも行かせるわけである。掛け持ちさせるのだ。大抵は、それでうまくいくが、駄目なときもある。

愛之助は検校の性格を知っている。気位が高く、心が狭い。美吉野の回しを許さなかったのであろう。許す許さないは客が決めることではなく、本来、妓楼が判断することだが、検校が金払いのいい上客だから、そんなわがままも許される。

相手の客にしても、普通は、

「そうか、御子神検校が来ているのなら仕方がない」

と諦めるのだが、この侍は、そうではないらしい。いつまで経《た》っても美吉野が現れないので、最初は渋沢という若侍がこの部屋に頼みに来た。それでも駄目なので、とうとう激昂《げっこう》した芹沢が部屋に乗り込んできたのに違いなかった。

「どうです、四半刻（三十分）ばかり、美吉野を向こうに行かせたら？」

仲裁するつもりで、愛之助が検校に言う。こんなところで騒ぎを起こすよりは、ましではないか、という考えなのである。わずかの時間、美吉野が席を外すだけのことだ。

ところが、この提案は両者から一蹴された。

「なぜ、わしが遠慮しなければならぬか。わしを座頭呼ばわりするような物知らずだぞ」

確かに、盲人社会の頂点に君臨する検校と、底辺にいる座頭では、まるで身分が違っている。検校を座頭呼ばわりするのは大変な侮辱であろう。

「何だと？」

芹沢がカッとなる。

「こっちもそんな茶番でお茶を濁すつもりはない。美吉野は連れて行く。ここには戻さぬ。さあ、来い」

（やむを得ぬ）

芹沢が美吉野の腕をつかもうとする。

気は進まないが、相手の好き勝手にさせるわけにはいかない。愛之助が芹沢に向かって踏み出す。目の端で、渋沢が脇差しの鯉口《こいぐち》を切るのが見える。

愛之助も斬り合いを覚悟する。

そのとき、

「おやおや、これは何の騒ぎでございますかな？」

桔梗屋の主・惣兵衛《そうべえ》が現れる。

小太りで二重顎《にじゅうあご》の惣兵衛は、見た目こそ温和だが、肝《きも》の据わった男だ。自分の見世を守るために命を賭けられる男なのである。それくらいの覚悟がなければ、深川で妓楼の主など務まるものではない。

「芹沢さま、無体なことはおやめ下さいまし」

惣兵衛は、芹沢に近付くと、他の者たちに聞こえないほどの小声で何事か耳許で囁《ささや》く。

途端に芹沢の顔色が変わる。

その内容はわからないが、愛之助には、おおよその想像がつく。

惣兵衛は幕閣の要人に知り合いが多い。

芹沢は幕府の人間ではなく、恐らく、どこかの藩の重役なのであろう。当然、幕府には頭が上がらない。要人の名前を出して、惣兵衛はさりげなく芹沢を脅したのに違いない。

「ふんっ、もうよいわ」

芹沢が踵《きびす》を返して、部屋から出て行こうとする。

その背後に、

「田舎者が」

検校が吐き捨てるように言う。

「……」

芹沢が凍りつく。その背中を、渋沢が押すように部屋から出て行く。

「検校さま、ご迷惑をおかけしました。お詫びの印に今夜の揚げ代は、手前どもの奢《おご》りということにさせていただきます」

惣兵衛が検校に詫びる。

「ああ、そうか。だが、まずは部屋に塩を撒《ま》いてもらおうか。あんな貧乏臭い田舎者にまとわりつかれたら縁起が悪い」

わしの運気が落ちるではないか、と検校が顔を顰《しか》める。

二

一刻（二時間）ほど後……。

愛之助たちは桔梗屋を出る。

大金を使っているのだから泊まればよさそうなものだが、御子神検校は泊まりを好まず、町木戸が開いているうちに自宅に帰ろうとする。

と、愛之助は思うが、検校には検校の理由がある。

妓楼に泊まると、翌日の仕事に差し支えるのだ。早朝から夕方まで休みなく仕事をするという習慣が身についているし、仕事に励めば励むほど身代が大きくなるから、どんなときでも、この習慣を破ろうとしないのである。

仲町で遊んで、大川《おおかわ》の向こう側に帰ろうとする者が辿る道は決まっている。門前町《もんぜんまち》、黒江町《えちょう》を過ぎたら八幡橋《やわた》を渡り、北川町《きたがわちょう》の先で福島橋《ふくしま》を渡り、富吉町《とみよしちょう》、相川町《あいかわちょう》と過ぎた先にある永代橋《えいたい》で大川を渡る。

検校は駕籠に乗り、その傍らを仁王丸が小走りについていく。桔梗屋では手ぶらだったが、今は長い丸太を一本肩に担いでいる。武芸の心得はなく、刀も使えないが、この丸太を器用に使いこなすので、辻強盗くらいなら簡単に追い払うことができる。

愛之助は、駕籠のだいぶ後ろを急ぐ様子もなく、のんびりついていく。

と、突然、前方から仁王丸の怒鳴り声が聞こえる。

(ん?)

愛之助は目を凝らすが、かなり距離があるせいか何も見えない。

今度は別の怒鳴り声が聞こえる。

仁王丸の声ではない。

「面倒臭えなあ」

そう言いながらも、愛之助は着流しの裾《すそ》をからげて走り出す。検校は嫌な男だが、大切な金蔓《かねづる》でもある。旗本の次男坊といえば聞こえはいいが、要は部屋住みの厄介者である。禄をもらえるわけではないし、これといった定期収入もないから、検校からもらう手間賃はありがたい。検校が死んだら、愛之助も困るのだ。

往来の真ん中に駕籠が置き捨てられている。駕籠かきは逃げてしまったらしい。仁王丸が丸太を振り上げて、健気《けなげ》にも駕籠を守ろうとしている。

駕籠の前に立ち塞がっているのは、芹沢掃部介《かもんのすけ》である。桔梗屋で美吉野を検校から奪おうとした侍だ。桔梗屋では脇差しを帯びているだけだったが、今は二本差しである。芹沢の背後には渋沢荘一郎《そういちろう》がいる。

道の両側に、まばらに人の姿がある。黒江町に住む者たちである。騒ぎを聞きつけて、何事かと出てきたのであろう。事の成り行きを見守っているだけで、何をしようというつもりもない。関わり合いになりたくないのだ。

「座頭、駕籠から出てこい。それとも引きずり出されたいか」

「……」

検校は沈黙している。駕籠から出る気配はない。

「地面に這《は》いつくばり、手をつき、頭を下げて詫びるがいい。そうすれば命だけは助けてやる」

「……」

「まずは、この大男を斬るぞ。それでもよいか」

芹沢が刀に手をかける。

「それを抜いたら、あんたも困ったことになりますぜ」

ようやく愛之助が駆けつけた。

「座頭などに飼われている貧乏浪人《びんぼうろうにん》が余計な口出しをするな。怪我をしたくなければ引っ込んでいろ」

「しつこいようだが、座頭じゃない。座頭ってのは白杖《はくじょう》を手にして、一人で商売して歩く按摩《あんま》のことでな。この人は検校だ。座頭と検校は全然違う」

「黙っていろ」

「愛之助」

検校が簾《すだれ》を持ち上げ、この田舎者を何とかせい、早く屋敷に帰りたいのだ、と言う。

当然ながら、その言葉は芹沢の耳にも入り、芹沢を更に怒らせることになる。

「許せぬ、斬る」

「よせ、抜くな。抜いたら、後戻りできないぞ」

愛之助が止めようとする。ちらりと渋沢に目を向けるが、渋沢も積極的に止めるつもりはないらしい。妓楼で騒ぎを起こすのはまずいが、往来でなら構うまい、という腹なのかもしれない。

「座頭！」

芹沢が刀を抜き、駕籠に近付こうとする。

愛之助は芹沢と駕籠の間に立ちはだかる。

「どけ」

「どかぬ」

「ならば、覚悟せよ」

芹沢が愛之助に斬りかかる。

愛之助は間合いを見切っている。

芹沢の技量も見切っている。

芹沢が自分の間合いに入ってきた瞬間、美女丸《びじょまる》を一閃させる。

美女丸というのは愛之助の愛刀だ。無銘だが、かなりの業物《わざもの》である。

美女丸は、すでに鞘に収まっている。

芹沢は何が起こったのかわからない様子で突っ立っているが、

「あ」

と声を発し、両手で頭を押さえる。

髷《まげ》を切り落とされたのである。

道の両側で成り行きを見守っていた者たちから笑い声が起こる。壮絶な斬り合いが始まるのかと、ハラハラしていたら、ほんの一瞬で決着がつき、さっきまで威勢のよかった侍が髷を切られてザンバラ髪になるという惨めな姿をさらしているのだから、思わず笑ってしまうのも無理はない。

「く、くそっ……」

「次は容赦《ようしゃ》せぬ」

愛之助が冷たく言い放つ。

「……」

芹沢も馬鹿ではない。愛之助の剣技には、とてもかなわないと悟った。いきなり踵を返し、愛之助に背を向けて走り出す。逃げたのだ。

「あ、芹沢さま」

慌てて渋沢が後を追う。

二人の背後では見物人たちの大きな笑い声が響いている。

三

黒江町で騒動があったため、愛之助たちが米沢町《よねざわちょう》にある検校の屋敷に帰り着いたのは、いつもより遅くなった。そのせいか、検校は、

「今夜は疲れた。阿呆《あほう》の相手をするのは疲れる。酔いもすっかり醒《さ》めてしまったわい」

と、ぼやきながら、さっさと寝所に入る。

屋敷には検校の身の回りの世話をする香澄《かすみ》という女がいる。年齢は二十三。体の繋《つな》がりもあるが、検校が香澄と寝るのは月に一度くらいのものだ。

用心棒を頼まれると、その夜、愛之助はこの屋敷に泊まることにしている。自分のねぐらに帰っても構わないのだが、町木戸が閉まってから、往来をうろうろするのも面倒だし、広い屋敷には空き部屋がいくつもあるので、愛之助が勝手に泊まっても検校は気にしない。

いつも使っている部屋に入り、押し入れから布団を出して床に広げる。大小を枕元に置くと、横になって布団に手足を伸ばす。

愛之助がうとうとし始めたとき、障子がすーっと開けられる。

（あ、来やがった）

小さく舌打ちすると、愛之助は寝た振りをする。

「ねえ、起きてるんでしょう？」

香澄である。衣擦《きぬず》れの音がしたかと思うと、丸裸になった香澄が布団に滑り込んで、愛之助に抱きつく。

「よせ」

愛之助が香澄に背を向ける。

「冷たいことを言わないでよ。今夜は愛さまが来ると思って、わくわくして待ってたんだから」

「愛さまなんて呼ぶな。検校が聞いたら腹を立てる」

「いいじゃない。今は二人だけなんだし。検校さまは大いびきで寝てるわよ。岡場所に出かけた夜は、よく寝るから、ちょっとやそっとじゃ起きやしないわ」

「おまえも寝ろ」

「嫌よ。無理。ひとつ屋根の下に愛さまがいるのに、何もしないで寝るなんて……。気が変になってしまう」

香澄が愛之助の腰に手を伸ばす。

「よせって」

香澄の手を邪険に払いのける。

「わたし、泣くよ」

「勝手に泣け」

「意地悪」

「おれは意地悪なんだ」

「ねえ、いいじゃない。愛さまは寝ててもいいから、わたしの好きにさせて」

「おまえは、しつこいから駄目だ。とても寝られやしねえ」

「どうしても抱いてくれないの？」

「ああ、駄目だ」

「じゃあ、お刺身《さしみ》。今夜は、それだけで我慢するから」

「……」

「じゃないと、いつまでもここにいるからね」

「仕方ねえなあ」

くるりと向きを変え、愛之助は香澄の顔を引き寄せると、香澄の唇を吸う。

お刺身というのは接吻のことだ。好き合っている者同士が接吻するのは相惚《あいぼ》れと呼ぶ。

香澄が柔らかい舌を絡めてくる。

反射的に、愛之助も応えてしまう。

その隙に、香澄は愛之助の下帯を外す。

「ほら、大きくなってきた。愛さまだって、わたしがほしいはずよ」

荒い息遣いで、香澄が言う。

確かに、猪母真羅がむくむくと大きくなる。

「うわっ」

あまりの大きさに、香澄が嬉しげな声を発する。

愛之助が香澄を仰向けにする。

香澄が両足を大きく開いて、愛之助を迎え入れる姿勢を取る。

「声を出すなよ」

「わかってる」

用意してきた手拭いを、香澄が口に挟む。

検校は寝ているものの、奉公人たちも寝ているとは限らない。喘ぎ声を聞かれて、二人の睦《むつ》み合《あ》いが検校にばれたら大変なことになる。

「……」

香澄が体を反らせて激しく反応し、両手を愛之助の背中に回してしがみつく。

「ああっ」

香澄の口から声が洩れる。

「声を出すな」

愛之助が叱ると、香澄は黙ってうなずき、また手拭いを強く嚙《か》む。

おしゃべりで鬱陶《うっとう》しい女だが、いい体をしている。

いや、いいどころではない。滅多にないほどの素晴らしい肉体である。だからこそ、検校は香澄を屋敷に住まわせているのだ。

その香澄を愛之助が邪険に扱うのは、検校の嫉妬《しっと》を怖れているからである。

女など、いくらでもいる。金蔓である検校の女に手出しする必要などないのだ。

愛之助の体の下で香澄は悶《もだ》え狂っているが、愛之助自身は、醒めた心持ちで抱いているに過ぎない。

四

（まったく吝《しわ》いじじいだ）

検校の屋敷を出て、往来を歩きながら、愛之助が顔を顰める。

用心棒の手間賃《てまちん》は一日一両という約束になっている。検校にくっついて歩き、妓楼では、ただ酒を飲み、ただ飯を食らい、妓まで抱けるのだから、そう悪くはない手間賃であろう。楽な仕事である。

ゆうべ、検校は危ない目に遭った。下手《へた》をすると斬られていたかもしれないのだ。それを愛之助が救った。少しくらい手間賃を弾んでくれるのではないかと期待したが、検校から渡されたのは、いつもと同じ一両だった。

「気に入らんか？」

愛之助の不満そうな気配を察して、検校が訊いた。

「いいえ、別に」

「当たり前ではないか。ゆうべのようなことがあったとき、命懸けでわしを守ってもらうために一両払っている。あんなことは滅多にないのだから、普段、もらいすぎなのだ。それを忘れるな」

「はあ」

そう言われれば、その通りで、何の反論もできないが、何となく釈然としない思いが残って、それが仏頂面《ぶっちょうづら》に現れている。

何やら、町の者たちが集まって騒いでいる。

「おい、何かあったのか？」

愛之助は、そばにいた職人風の男に訊く。

「ああ、油問屋が襲われた。押し込みさ。また出やがった」

「出たって、何が？」

「ん？」

振り返って、愛之助が侍だとわかると、いくらか言葉遣いを改める。

「煬帝ですよ」

「ようだい？」

　愛之助が首を捻る。

「知らないんですかい？」

「うむ」

「今年になって三件目の押し込みですよ」

「盗賊なのか」

「世直し煬帝と名乗ってるらしいんですがね。有り金を奪った揚げ句、一家皆殺しにして、家屋敷に火を付けて逃げるんだから、いったい、何の世直しなのだか……」

「なぜ、そんな名前を名乗っているんだ？」

「さあ、知りませんや。押し込んだ家の近所にたくさん貼り紙がしてあって、そこに世直し煬帝参上なんて、ふざけたことが書いてあるんですよ。いつだって、そうなんです。世間を騒がせるのが好きなんですかね。ほら、そこにも一枚落ちてますよ」

　地面に貼り紙が落ちている。人に踏まれたりして汚れているが、何と書いてあるのかはわかる。

　それを見て、

「ほう」

愛之助が声を発する。「ようだい」というのは、どういう意味なのかわからなかったが、それを見て納得した。

「まあ、襲われているのは、お役人とつるんで私腹を肥やしている悪徳商人ばかりだというんですが、それも本当かどうかわかりませんや。わたしらのような貧乏人には遠い世界の話ですからね」

「物騒な世の中だな」

「まったくですよ。旗本奴《はたもとやっこ》だけでも迷惑してるっていうのに、今度は盗賊まで……」

その男が慌てて口をつぐむ。調子に乗って、しゃべりすぎたと気が付いたのであろう。目の前にいる侍が旗本奴だったら、ただでは済まない。

元禄の頃から旗本や御家人の悪行が社会問題になっている。

戦国時代が終わり、太平の世となると、戦う以外に能のない旗本や御家人は無用の長物となった。生きる目的を見失い、暇を持て余す者たちは、奇矯な振る舞いや異様な姿で人目を引くことを楽しむようになった。それが俗に言う「旗本奴」の始まりである。それを真似する町人たちまで現れ、「気負い組」とか「塗下駄組《ぬりげた》」と称した。

旗本奴にしろ、気負い組、塗下駄組にしろ、ただの不良というには物騒すぎる連中で、時として徒党を組んで強盗紛《まが》いのことまでする。徳川社会の鼻つまみ者と言っていい。

「心配するな。おれは、ただの浪人さ」

肩をすくめると、また愛之助が歩き始める。

（ふうん、世直し煬帝か。随分と学のある盗賊がいたものだ）

煬帝というのは、六世紀に中国で成立した統一王朝・隋《ずい》の二代目の天子である。

中国の天子は、武帝《ぶてい》とか文帝《ぶんてい》とか、「帝」の字を「てい」と読むのが普通だが、煬帝だけは、あまりにも暴虐で悪いことばかりしたから、とても他の天子と同列に置くことはできないというので、「帝」を「だい」と読むことになっている。

それ故、「ようてい」ではなく、「ようだい」なのである。こんな天子は中国史上、他にはいない。煬帝だけである。そんな悪辣《あくらつ》な天子の名前を名乗るとは、どんな魂胆なのだろう、と愛之助は不思議な気がする。

（押し込みでいくら殺したところで、とても本物の煬帝が殺した人間の数には追いつけないだろうが……）

考え事をして歩いていると、いきなり、誰かが肩にぶつかってくる。

「ごめんなさいまし」

瓜実顔《うりざねがお》の美しい女である。愛之助を見て、にこっと微笑《ほほえ》む。

（帰蝶《きちょう》か……）

愛之助が顔を顰める。会いたくもない相手に会ってしまった、という顔である。

「今夜、日が暮れてからお迎えに上がります」

「断りたいな」

「お戯《たわむ》れを」

「本気だがね」

「では、後ほど」

軽く会釈《えしゃく》して、帰蝶が歩き去る。

その後ろ姿を見送りながら、ほっそりとして姿勢がよく、なるほど、小股の切れ上がったいい女というのは、こんな女のことなのだな、と愛之助は思う。

しかし、帰蝶に対して、欲望を抱いたことはない。好きとか嫌いとか、そういう気持ちの問題ではなく、帰蝶の担っている役回りに嫌悪感を抱いているので、帰蝶の顔を見ると不愉快になるからである。

が……。

断ることはできない。

また今夜、何の恨みもない相手を斬ることになるだろう。愛之助に否応《いやおう》はないのだ。

渋い顔で愛之助が歩き出す。その足は番町《ばんちょう》に向いている。あまり気は進まないが、これまた愛之助に否応はない。義務なのである。

本来であれば、部屋住みとして、屋敷で息苦しい生活を強いられるはずなのに、市井《しせい》で気儘《きまま》に暮らすことができているのは、父である麗門蔵之介《くらのすけ》がさばけた男だからである。蔵之介自身、今は隠居して玉堂《ぎょくどう》と号し、時折《ときおり》、こっそり屋敷を抜け出しては羽目を外している。

　その代わり、十日に一度は屋敷に顔を出すことを約束させられている。それは玉堂ではなく、兄・雅之進《まさのしん》の命令である。

　玉堂はさばけているが、玉堂の後を継いで麗門家の当主となり、今は北町奉行も務める雅之進は、そうではない。愛之助より八つ年上の三十四歳で、玉堂とも愛之助ともまったく似たところのないコチコチの堅物《かたぶつ》である。頭が固く、融通《ゆうずう》の利かない男なのだ。

「あいつは一穴居士《いっけつこじ》だからなあ」

と、玉堂は揶揄《やゆ》することがある。

　妻以外の女と寝たことがないというのである。

　一年を通して、女と寝ない日を探すのが難しいという愛之助にすれば、

（まさか、そんなことはないだろう）

とても信じられないが、雅之進の面白味《おもしろみ》のない顔を見ていると、

（もしかすると……）

という気にもなってくる。

　それに嫂《あによめ》が大変な美貌の持ち主だから、遊郭の妓など相手にする気にならないのかもしれない。嫂といっても、吉久美《きくみ》は愛之助よりひとつ年下の二十五歳で、愛之助の幼馴《おさなな》

染《じ》みでもある。

門が閉まっているので、門の横にある潜《くぐ》り戸《ど》を開けて屋敷に入る。

「あ、若さま」

竹箒《たけぼうき》で玄関先の掃き掃除をしている下男の亀五郎《かめごろう》が声をかける。頭の薄い五十男である。

「おう、亀さん、達者か」

「おかげさまで。若さまもお変わりなく」

「変わりようもないさ。つまらない毎日だからな」

「そうですかねえ」

「たまにはうまい酒でも飲みな」

そっと金の小粒《こつぶ》を亀五郎に握らせる。

亀五郎は、パッと顔を明るくし、ありがとうございます、と地面に頭が付きそうなほど深々と頭を下げて礼を口にする。

玄関に入ると、

「若さま、お帰りなさいませ」

井上千代右衛門《いのうえちよえもん》が気難しい顔で愛之助を迎える。祖父の代から麗門家に仕えている忠義一途の用人だ。

「千代爺《じい》」

「はい？」

「なぜ、いつもそんな顔をしている？」

「どんな顔でございますか？」

「世の中のすべてが気に入らないという顔に見えるぜ」

「この顔は生まれつきでございます」

「たまには馬鹿笑いでもしたらどうだ？」

「おかしくもないのに笑えませぬ」

「今度一緒に寄席にでも行くか？　それとも芝居か、妓楼がいいか」

「結構でございます」

にこりともせずに言うと、御前《ごぜん》がお待ちかねでございます、と言う。

「嘘をつけ。親父がおれを待ってるもんか」

愛之助が笑う。

「どうぞ」

千代右衛門が先になって歩き出す。

廊下を曲がったところに老女が立っている。麗門家の女中頭を務める山尾《やまお》だ。老女といっても、まだ四十歳である。痩せて、きつい顔立ちをしているが目鼻立ちは整っている。

「わたくしがご案内いたします」

山尾が言うと、千代右衛門がムッとしたような顔になるが、自分を落ち着かせるように大きく息を吐いてから、

「さようか。では、よろしく頼む」

軽く会釈して、二人から離れていく。

「御前は、進吾《しんご》さまの部屋にいらっしゃいますよ」

「朝っぱらから孫と遊ぶとは、すっかり好々爺だな」

進吾は雅之進の長男である。四歳だ。

廊下を渡っていきながら、

「皆、変わらずに元気そうだな」

「十日くらいで、そうそう変わるものではございませんよ」

と言いながら、愛之助は先を行く山尾の尻に手を伸ばす。

「それもそうか」

「何をなさいますか」

山尾が愛之助の手をぴしゃりと叩く。

「相変わらずいい体をしていると思ってな」

「お戯れを。人に聞かれます」

愛之助を睨《にら》むと、山尾が足を速める。急ぎ足になると、形のいい尻が大きく揺れる。そ

の尻を眺めながら、

（あれから、もう十二年になるのか……）

子供の頃、愛之助は泣いてばかりいる弱虫だった。道場での稽古《けいこ》でも負けてばかりだし、学問もできず、自分にまったく自信が持てなかった。

そんな愛之助を変えてくれたのが山尾である。

十二年前、同じ道場に通う悪童たちにいじめられ、ドブに放り込まれて、泣きながら屋敷に帰ってきたことがある。

五年前に亡くなった母の佳乃《よしの》もその頃は存命で、

「何という情けない子だろう。雅之進に何かあれば、この子が麗門の家を継がなければならないというのに……」

わが子の惨めな姿に呆れ果て、もう顔を見るのも嫌だという感情を隠そうともせず、異臭の漂う愛之助の体をきれいにすることを、山尾に命じた。

山尾は愛之助を風呂に入れ、体を洗ってやった。

愛之助は、まだ、めそめそと泣いていた。

「若さま、もう泣くのはおやめなさいまし」

「おれは駄目《だめ》な男だよな。だから、母上にも嫌われるんだ。剣も駄目、学問も駄目、何の取り柄もない厄介者さ」

「そんなことはありませぬ。若さまは特別な御方です。自分で気が付いていないだけです」

「慰めてくれなくてもいいよ。もう死んでしまいたいな。生きていても仕方ないもの」

「若さま……」

山尾が愛之助の陽根を優しく愛撫《あいぶ》し始めた。

たちまち陽根が大きくなる。まだ十四歳の少年だが、それでも陽根は途方もない大きさになった。

「こんなに素晴らしい猪母真羅をお持ちではありませぬか」

「いぼまら？」

「はい……」

いくつものいぼがある上、並外れて巨大な陽根を持つ者は十万人に一人いるかいないかというほど珍しいのだ、と山尾が説明する。

「こんなものが……」

それまで愛之助は猪母真羅を恥じていた。形が醜いし、同世代の男の子たちの二倍以上の大きさがあったからだ。物心ついてからは、できるだけ人に見せないように腐心してきた。その醜い持ち物が素晴らしいと言われても、とても素直に信じる気持ちにはならなかった。

「だって、こんなもの、何の役にも立たないし……」

「いいえ」

山尾は、じっと愛之助の目を見つめながら、

「若さまに女を教えて差し上げます」

「女を？」

「よいですか」

山尾は愛之助に背を向けると、浴槽の端に手をついて体を丸め、愛之助に尻を突き出した。小袖の裾をめくり上げると、

「さあ、ここに」

「ここに入れればよいのか？」

「ゆっくりですよ。慌ててはいけません」

「うん」

愛之助は、おずおずと山尾の女陰《にょいん》に猪母真羅を押しつける。力を入れる必要などなかった。すでに山尾の女陰はたっぷり濡れていたからだ。愛之助の陽根は、にゅるっと吸い込まれてしまった。

「あ」

「あ」

声を上げたのは、二人ほとんど同時だった。

山尾は猪母真羅の衝撃に、愛之助は濡れて温かい女陰の心地よさに、二人ともこらえきれずに声を発したのである。

十四歳の愛之助が二十八歳の山尾に筆下ろしされた日であった。

それ以来、山尾と愛之助は人目を忍んで、何度となくまぐわった。

不思議なもので、女の扱い方がわかるにつれ、愛之助は自分に自信が持てるようになり、人が変わったように剣も学問も上達した。

そういう意味では、山尾は愛之助の大恩人と言っていい。

山尾の揺れる尻を眺めながら、愛之助は、そんなことを思い出している。

「御前、若さまでございます」

「おう、来たか」

部屋の中から野太い声がする。

愛之助が部屋に入ると、玉堂が進吾を膝に乗せて遊ばせている。

その傍らに吉久美がいる。

(ん?)

愛之助が怪訝な顔になったのは、吉久美の表情に違和感を覚えたからである。何がおかしいのかと問われても説明のしようがないが、どことなくおかしいのである。毎日顔を合わせていれば、かえって気付かないのかもしれないが、たまにしか会わないと、ちょっとした微妙な変化にも気付くものだ。

「突っ立ってないで、坐ったらどうだ」

「はあ」

愛之助があぐらをかく。

「山尾、茶でも持って来い。いや、こいつには酒の方がいいかな」

「まだ朝でございますよ」

「朝酒をひっかけると目が覚めるもんだ。そうだろう、愛之助？」

「茶で結構です」

「ふんっ、固いことを言いやがって。それなら、茶だ。わしにもな。進吾にも菓子を持ってきてやれ」

「はい、すぐに」

山尾が部屋から出て行く。

「叔父上《おじうえ》」

進吾が玉堂の膝から愛之助の膝に転がるように移ってくる。子供好きというわけでもないのに、なぜか、進吾には好かれている。

「女遊びばかりしてやがるんだろう？」

「そんなことはありませんよ」

「嘘をつくな。面白い場所があれば、わしも連れて行け」

「相変わらず、お元気ですね。羨ましいくらいだ」

「おれは隠居だからな。好き勝手させてもらうさ。どうせ、あとは死ぬだけのことだから、体が動くうちは気楽に生きるつもりさ」

「まだ六十にもなってないじゃないですか」

「あと二年で、赤いちゃんちゃんこを着ることになるんだぜ。立派なじじいじゃねえか。もっとも、あっちの方は、それほど耄碌《もうろく》してないけどな」

あははは、と笑う。

「毎日、こんな年寄りの相手をしていると疲れるでしょう?」

愛之助が吉久美に顔を向ける。

「いいえ、とんでもない」

吉久美が微笑む。自然な笑いではなく、無理をしているという感じなのが、愛之助は気になる。

そこに山尾がお茶と茶菓子を運んでくる。

進吾が嬉しそうにおかきを食べ始める。

四半刻(三十分)ほど玉堂の馬鹿話に付き合って、

「そろそろ帰ります」

「何だ、ゆっくりしていけよ。たまには泊まっていったら、どうだ」

「やめておきましょう」

愛之助が腰を上げる。

「では、嫂上《あねうえ》、また」

吉久美に頭を下げて部屋を出る。

山尾が先導してくれる。

廊下を渡っていき、周囲に人気がないのを確かめてから、愛之助は山尾を納戸《なんど》に引っ張り込む。

「何をなさるのですか」

山尾が抵抗しようとするが、力では愛之助にかなわない。壁に押しつけられてしまう。

「昔を思い出すな」

愛之助は山尾の背にぴったりと体を押しつけ、山尾の首筋に唇を這わせる。山尾の体は知り尽くしている。どこをどう愛撫すれば、山尾がどう反応するか、己の掌《てのひら》を指す如《ごと》くに承知しているのだ。首筋から肩にかけて、ゆっくり舌を這わせると、山尾が体を震わせる。

「おやめ下さいまし。人が来ますよ」

「それならば、声を出さないことだ」

裾をまくり上げ、山尾の尻をむき出しにする。肌が真っ白で一点の染みもない。

「誰かと寝てないのか？」

「こ、こんなばあさんを誰が相手にするものですか」

すでに山尾の呼吸が荒くなっている。

愛之助は山尾の耳たぶを優しく嚙む。舌を耳の中に入れると、山尾が身をよじる。

「うっ」

仰《の》け反《ぞ》って、声を洩らす。

「行くぞ」

猪母真羅を後ろから挿入すると、山尾が両手で壁をかきむしる。声を出さないように必死に堪《こら》えている。

愛之助が腰を動かすたびに、山尾が、ひいっ、ひいっ、と悲鳴のような声を発する。今にも気を失ってしまいそうな様子である。

「なあ、吉久美に何かあったのか？」

「お、奥さまに……？」

「様子がおかしかったぞ」

「何日か前、ご実家に戻ってから……確かに、どことなく……」

「原因は？」

「わかりませぬ」

ああっ、と山尾が悶える。

「何かわかったら、すぐに知らせるんだぞ、いいか？」

「は、はい……ああっ、やめないで、もっと、もっと……」

五

母の佳乃が亡くなった後、愛之助は屋敷を出た。それ以来、伊勢町《いせちょう》にある井筒屋《いづつや》という酒屋の離れを借りて住んでいる。井筒屋を紹介してくれたのは玉堂だ。

酒屋といっても造り酒屋ではなく、小売り酒屋である。いつでもうまい酒を、ほぼ原価で飲めるから、引っ越しもせずにずっと住み続けているが、ひとつだけ気に入らない点があるとすれば、主の宗右衛門《そうえもん》が口うるさいことである。

最初の頃は、

「御前さまに頼まれた上は、この宗右衛門にも覚悟がございます」

などと肩に力を入れ、愛之助の行状に目を光らせていたが、最近は、そうではない。嫉妬が理由で口うるさいのだ。

裏木戸を開けて、離れに入る。

朝っぱらから歩き回って疲れたので、大の字になってひっくり返っていると、

「先生、お帰りなさいまし」

宗右衛門の妻・お藤《ふじ》が盆に徳利《とっくり》を載せて運んでくる。猪口《ちょこ》はふたつある。自分も飲むつもりらしい。

「よくわかったな」

「先生がお帰りになったと幹太《かんた》が教えてくれたんですよ」

幹太というのは井筒屋の小僧である。

「疲れたから少し眠りたいんだがね」

「あら、ちょうどいいじゃないですか。いい諸白《もろはく》が入ったんですよ。これを飲めば、よく眠れますよ」

お藤が愛之助ににじり寄り、どうぞと、猪口を差し出す。

「諸白と聞いたら飲まないわけにはいかないな」

愛之助が体を起こす。

この時代の酒は、ほとんどが濁り酒《にござけ》だが、諸白は清酒である。透明でアルコールの度数が高い。高級品だ。猪口に注《つ》がれた酒を、愛之助が口に運ぶ。

「ああ、これは、うまい。五臓六腑《ごぞうろっぷ》に染み渡る」

「わたしにも飲ませて下さいよ」

「うむ」

愛之助が徳利に手を伸ばすと、お藤はその手を押さえて、愛之助に向かって口を突き出す。口移しで飲ませてくれ、というのであろう。

「おいおい、何をする気だ？」

「いいじゃないですか。どうせ、ゆうべは、どこかで誰かを喜ばせてたんでしょう？　たまには、わたしもかわいがって下さいな」

「それは亭主の役目だろう」

「あんな男」

お藤が舌打ちし、まだ四十過ぎなのに、あっちの方は何の役にも立ちやしない、本当に役立たず、と宗右衛門を罵る。

「もっとも、先生の猪母真羅には誰もかないませんけどね」

お藤が愛之助の股間に手を伸ばそうとしたとき、

「失礼しますよ」

廊下から宗右衛門の声がして、がらりと障子が開けられる。

お藤が慌てて愛之助から離れる。

「おまえ、こんなところで何をしているんだ？」

宗右衛門の目尻が吊《つ》り上がる。

「お酒を持ってきただけですよ」

「それなら、さっさと行きなさい。長《なが》っ尻《ちり》するもんじゃない。やることはいくらでもあるだろうに」

「もう行くところだったんですよ」

お藤がふくれっ面で部屋から出て行く。

「先生、困るじゃないですか」

「何が？」

「放蕩《ほうとう》に耽《ふけ》るのは、いい加減にしてはいかがですか。御前さまの頼みだから、こうして離れを貸して差し上げているわけですが、外だけでなく、うちの中でまで放蕩されたのでは困るんです。年頃の娘だっているわけですし」

「愚痴《ぐち》を聞いてやっただけさ。毎晩とは言わないが、せめて、三日に一度くらい抱いてやれば、お藤も素直になるはずだぜ」

「余計なお世話でございます」

宗右衛門がぴしゃりと言う。

「この離れの店賃《たなちん》や酒代、かなり溜まってきておりますよ。三月に一度は、きちんと清算していただかないと困ります」

「わかってるよ」

懐から小判を取り出して、宗右衛門に放り投げる。検校からもらった一両である。また懐が淋しくなるが、宗右衛門の小言を聞くよりは、ましである。

「これでは足りませんが」

「残りは、後で払う」

「後って、いつでございますかね？」

宗右衛門は、しつこい。愛之助も苛立《いらだ》ってくる。

「この美女丸だが……」

愛之助が刀を抜く、

「研《と》ぎに出してくれ」

「は？」

「ゆうべ、人を斬った。いや、斬ろうとしたが、考え直して髷だけを切った。切れ味が今ひとつだったからおかしいと思ったら刃こぼれがある」

「そ、そんな……ご自分で持って行けば……」

「たまに無性に血を見たくなることがある」

じろりと宗右衛門を睨む。

宗右衛門が青い顔をして後退る。

ふっと息を吐くと、刀を鞘に収め、ほら、と宗右衛門に渡す。

「急がせるんだぞ」

「へ、へえ」

両手で美女丸を抱き、宗右衛門が逃げるように部屋から出て行く。どたどたと廊下を走っていく音が聞こえる。

「まったく、あいつは何が楽しくて生きてるんだろうなあ」

猪口酒を飲みながら、愛之助がつぶやく。

「それはね、お金よ」

押し入れの戸が開いて、若い娘が顔を出す。宗右衛門とお藤の一人娘・お美代《みよ》だ。十七歳である。

「おいおい、この家は、いったい、何だ？　次から次へと、入れ替わり立ち替わり家人が出てきやがって。おまえ、いつから、そこにいた？」

「先生がお帰りになるだいぶ前からよ。淋しくって泣いてるうちに寝てしまったらしいの。おっかさんの声で目が覚めたわ」

お美代が愛之助に跨《また》がって向かい合う。対面座位という格好である。

「おっかさんの口を吸ったの？」

「吸うもんか」

「そうね。おとっつぁんが邪魔したものね。先生に妬《や》いてるのよ。おっかさんもわたしも先生に夢中だから」

「おれを追い出したいらしいな」

「そんなことになったら、わたしもついていくわ。おっかさんもそうしたいと思う」

「馬鹿なことを言うな」

愛之助が顔を顰める。

「わたしのこと嫌い？」

「いいや」

「好きってこと？」

「ああ、好きだよ」

「それなら、先生のおかみさんにしてよ」

「駄目だな」

「身分が違うのは承知してますけど……」

「そういうことじゃない」

「じゃあ、なぜ？」

「おれは、ろくでなしだからだ。さっき宗右衛門が言ったことは正しい。この年齢になっても放蕩がやめられない馬鹿なんだよ」

「馬鹿でもいい。わたしも猪母真羅を味わいたいもの。独り占めしたいのよ」

お美代が愛之助の胸に顔を寄せる。

「おっかさんとは何度寝た？」

「たぶん、一度か二度だな。酔っ払って寝込んでるときに勝手に布団に入ってきた。おれが抱いたわけじゃない。向こうが襲ってきたんだ」

「それで猪母真羅の虜《とりこ》になったわけね？」

「そうらしい」

「わたしも抱いてよ」

「駄目だ。おまえ、生娘《きむすめ》だろう。新鉢《あらばち》を割る趣味はないんだ」

処女を奪う趣味はない、という意味である。

「意地悪」

「その通りだ」

おれは意地悪な男なんだよ、とうなずきながら、愛之助が酒を飲む。

六

「あの二人でございます」

笑いながら小料理屋から出てきた二人連れの武士を帰蝶が指し示す。

二人は、提灯《ちょうちん》を提《さ》げた小者に先導されて歩き始める。酔っているせいか、のんびりした歩様である。

「若いな。あいつらが何をしたんだ？」

愛之助の言うように、二人とも若い。三十過ぎには見えない。どちらも、まだ二十代半ばくらいであろう。

「そんなことを知る必要がありますか？」

「余計なことを訊くなと言いたいわけか」

「若いというだけで善人だとは限らない、とだけ申し上げておきます」

「飼い犬は、黙って主の命令に従えばいいということだな」

愛之助は苦い顔でうなずき、菅笠《すげがさ》の紐《ひも》を結び直す。

帰蝶に案内されて、愛之助は先回りする。二人がどういう道を辿って、どこに帰るのか、帰蝶にはわかっているらしい。

「斬るのは二人だけで、小者は助けて下さい」

「……」

そう言われて、なるほど、小者を抱き込んで、帰蝶が指示した道筋を辿らせているのだな、と愛之助は察する。

提灯の明かりが近付いてくる。月明かりもあるが、時折、月が雲に隠れるので、提灯がないと歩くのが大変だ。

「二人ともそれなりに剣を使えるようですから、ご注意なさいませ」

「ふんっ」

愛之助が物陰から出て行く。

間近に小者が来ると、抜き打ちに提灯を切り落とし、小者を峰打ちする。小者が気を失って倒れる。

提灯が地面に落ちて燃える。

「何だ、おまえは？」

二人が刀に手をかけて身構える。

「抜け」

菅笠の紐をほどきながら、愛之助が言う。

「人違いではないのか？　それとも、ただの辻強盗か？」

そう言いながら、一人が愛之助の背後に回ろうとする。前後から愛之助を挟み撃ちにしようというのだ。帰蝶の言った通り、そこそこ剣を使えるようだし、場数も踏んでいるようだ。剣術修行を怠けている腑《ふ》抜《ぬ》けの旗本であれば、ここで腰を抜かすか、愛之助に背を向けて逃げようとするであろう。少しも慌てることなく、愛之助と斬り合いをしようというのだから、なかなか肝が据わっている。

「因果応報、悪事を為せば、その報いを受けなければならぬ……」

愛之助がつぶやいたとき、二人が前後から斬りかかってくる。

二人の呼吸が合っていれば、愛之助も窮地に陥ったかもしれない。

しかし、二人は酔っている。

その酔いが二人の呼吸に乱れを生じさせ、間合いにずれができた。

背後の男が動くのが一瞬早く、その分、正面にいる男の動きが遅れた。

そのわずかな隙を逃さず、愛之助は腰を屈《かが》めながら体を回転させ、地面に触れそうな位置から美女丸を擦り上げる。上段に構えている相手の右脇腹から左肩にかけて切り裂く。

素早く体勢を変えると、擦り上げた美女丸を、今度は正面の男の頭上に振り下ろす。その一撃を、かろうじて受け止めるが、衝撃で手が震え、数歩、後退る。男の姿勢が崩れると、愛之助は突きを入れる。啄木鳥《きつつき》刺しと呼ばれる三段突きで、放念無慚流の秘技である。一段目と二段目の軽い突きで相手を怯《ひる》ませ、三段目の突きで止《とど》めを刺す。それがきれいに決まり、喉を突かれた相手は仰向けにひっくり返って動かなくなる。

背後から斬りかかってきた男にも止めを刺すと、愛之助は懐紙で美女丸の血を拭いながら、帰蝶のところに戻る。

「いつもながら、お見事でございます」

「世辞《せじ》はいらん」

愛之助が不機嫌そうに言う。

途中で帰蝶と別れ、愛之助は一人で井筒屋に戻る。

明かりもつけず、真っ暗な部屋で酒を飲む。

部屋に上がる前に、井戸端で体をざっと洗ったが、それでも、まだ体から血の匂いが漂っている気がする。

ある時期まで、愛之助は自分が斬った相手を数えていた。

しかし、もうやめた。切りがないからやめたのだ。

そうしなければならない詳しい事情を教えられることはないものの、斬れ、と命じられた相手は、斬られても仕方のない悪事を為した者ばかりのはずである。旗本として、また、旗本の子弟として、その立場と身分にふさわしくない所行を為した者たちなのである。

言うまでもなく、公の場で裁くのが正しいやり方だが、それをすれば旗本全体が笑いものになる。

かと言って、放置して、彼らが悪事を続ければ、徳川将軍家の名をいっそう辱め、延《ひ》いては徳川による支配すら危ういものにしかねないから、悪名が広まらないうちに、密かにこの世から消してしまうのがいいという理屈なのだ。

その理屈がわからないではない。

だが、頭で理解することと感情は別物である。

愛之助とて旗本家の子なのである。自分と同じような立場にいる旗本やその子弟の命を奪うことに抵抗感がないはずがない。美女丸が彼らの血を吸うたびに、愛之助は自分の体と心が汚れていくような気がするし、同胞の命を奪っているという罪悪感に苛《さいな》まれる。

自分一人のことであれば、とっくに投げ出しているが、そんなことをすれば、家族にまで迷惑がかかるから我慢している。

時として怒りが爆発しそうになる。

しかし、そんなことはできない。耐えるしかないのだ。それが愛之助の背負っている宿命なのである。

七

二日後……。

愛之助が離れで昼寝をしていると、

「先生、お客さんでございます」

廊下から幹太の声がする。

「誰だ？」

「わたしです。三平《さんぺい》です」

「何の用だ？」

「表で親分が待ってます」

「松蔵《まつぞう》が？」

愛之助が体を起こす。松蔵は十手《じって》持ちで、三平は松蔵の下引きである。

松蔵は、伊勢町だけでなく、瀬戸物町《せともちょう》や本舟町《ほんふなちょう》、本小田原町《ほんおだわらちょう》、長濱町《ながはまちょう》など、堀に囲まれた町々を縄張りとする十手持ちで、本業は長濱町で営む湯屋、すなわち、風呂屋である。

松蔵が出かけているときは、女房のお清《きよ》が番台に坐り、下男や下女を指図して商売を切り回している。下引きの三平も普段は釜焚《かまた》きや三助《さんすけ》をしている。

わざわざ松蔵が足を運んできたからには何か大切な用があるに違いない……そう考えて、愛之助は手早く身支度《みじたく》を調え、裏木戸を通って外に出る。

天水桶《てんすいおけ》の陰に松蔵がしゃがんでいる。愛之助を見ると立ち上がり、口許に笑みを浮かべながら近付いてくる。目は笑っていない。作り笑いなのである。

松蔵は色黒で彫りの深い顔をしている。鷲鼻《わしばな》で、エラの張った顎が意思の強さを感じさせる。五十一歳だが、贅肉《ぜいにく》のない引き締まった体つきだ。二十一歳の三平の方がよほど体がたるんでいる。

「お久し振りでございます」

松蔵が丁寧に頭を下げる。

「親分も元気そうだ」

「親分は、よして下さい。どうか呼び捨てて下さいまし」

「そうもいかんさ」

愛之助の兄・雅之進は北町奉行であり、三千石の大旗本・麗門家の当主である。部屋住みとはいえ、愛之助は麗門家の次男だから、松蔵がへりくだるのも当然である。

井筒屋の者たちは愛之助の身分を知っているが、彼らには固く口止めしてあるので、伊勢町に住む者のほとんどは、愛之助の本当の身分を知らない。

十手持ちというのは、公の身分は何も持っていない。同心が私的に召し使っている者に過ぎないから逮捕権もない。それでも、十手持ちの権威というのは大したもので、一般庶民からは怖れられる存在である。そんな十手持ちを人前で呼び捨てにしたりすれば、あれはどういう身分の人なんだという話になり、すぐに正体がばれてしまうであろう。そんなことになれば、この町で暮らすのが息苦しくなってしまう。それ故、身分を隠そうとするのなら、他の者たちと同じように親分と敬っておくのが無難なのである。

「水沼《みずぬま》の旦那が、すぐに奉行所に来てほしいそうでして」

「ああ、平四郎《へいしろう》がな」

愛之助がうなずく。

水沼平四郎は北町奉行の同心で、松蔵に十手を預けている。まさか同心風情が愛之助を呼びつけるはずがないから、雅之進が平四郎に命じたのだろうと察せられる。

松蔵と並んで歩きながら、

「兄上からの呼び出しということか？」

「へえ、そのようでして」

にこりともせずに松蔵がうなずく。

「何か聞いているか？」

「いいえ、何も」

首を振ると、それきり黙ってしまう。

松蔵は無駄口を叩かない男である。一緒に歩いているのに世間話ひとつしようとしない。二人の後ろからついてくる三平が、ああ、今日はいい天気だなあとか、もう腹が減ってきちまったとか、どうでもいいようなことを一人でぶつくさ言っている。

伊勢町から西に歩き、本革屋町《ほんかわやちょう》、駿河町《するがちょう》、北鞘町《きたさやちょう》と抜けて行く。江戸城の堀端に出ると、まず一石橋《いっこくばし》を渡り、次に呉服橋《ごふく》を渡る。橋を渡ったすぐ先に北町奉行所がある。

北町奉行所に着くと、

「おお、愛之助さま、お元気そうですな」

顔馴染みの与力・才谷新衛門《さいたにしんえもん》がにこやかに声をかけてくる。

「うむ、そっちも変わらず元気そうで何よりだな」

「また何かやらかしたのですな？」

新衛門が耳許で囁く。

「やはり、あれか」

愛之助がうなずく。仲町での一件が雅之進に知られたのに違いない、と察した。

そこに水沼平四郎がやって来て、

「お奉行さまがお待ちでございます。どうぞ、こちらへ」

と、愛之助を案内する。

長い廊下を渡っていき、愛之助さまでございます、と平四郎が声をかけると、部屋の中から、入れ、と雅之進の声がする。

「どうぞ」

「うむ」

愛之助が部屋に入る。

雅之進が難しい顔で書見台に向かっている。

二人は年齢が八つ違う。年齢が離れているだけでなく、性格もまるで違っているので、愛之助は子供の頃から雅之進に親しみを感じたことがない。一緒に遊んだ記憶もない。

雅之進は暇さえあれば書籍を読み耽り、学問に励んでいた。わずか八歳で四書五経を学び終え、時の将軍の御前で『大学』を講じたほど学問の進みが早かった。その秀才ぶりは幕閣で評判になり、だからこそ、二十代で家督を継いでから、目付、遠国奉行、勘定奉行を矢継ぎ早に歴任し、去年から北町奉行を務めているが、その異様な出世に驚く者もいない。実際、どの役職も大過なく務めており、老中の信任も厚い。

「……」

愛之助が腰を下ろして正座しても、雅之進は見向きもしない。切りのいいところまで読み続けるつもりらしい。

退屈なので、愛之助は鼻毛を抜く。抜いた鼻毛を掌に並べていく。鼻毛が四本並んだとき、雅之進が書籍から顔を上げ、愛之助に体を向けた。

「何をしている?」

「鼻毛を並べているのです」

愛之助が鼻毛をふーっと吹き飛ばす。それを見て、雅之進が嫌な顔をする。普段から不機嫌そうな顔をしているが、今日はいつにもまして機嫌が悪そうだ。

「愛之助、また馬鹿な真似をしたな」

「すみません。暇なので、つい鼻毛を抜きました」

「そのことではない」

「と、おっしゃいますと？」

「しらばくれるな。雨海藩《あまがい》の留守居役と悶着《もんちゃく》を起こし、あろうことか髷を切り落としたそうではないか」

　雅之進が舌打ちする。

「ああ、その件ですか。あれは、売られた喧嘩ですよ。先に刀を抜いたのも、向こうです。腕の立つ相手なら、わたしが斬られていたかもしれません」

「言い訳をするな。どうせ妓楼で遊び呆《ほう》けた帰りだったのであろう」

「違うとは言いません。御子神検校のお供をしただけですが」

「あんな評判の悪い金貸しと、まだ付き合っているのか？」

「付き合うというか、用心棒に雇われたわけでして……。仕事ですよ。わたしも食っていかなければなりませぬし」

「身分をわきまえぬか！」

　雅之進が声を荒らげる。

「申し訳ございませぬ」

　素直に頭を下げる。下手に弁解すると、雅之進の怒りに油を注ぐことになるとわかっている。

「無用な騒ぎを起こしてはならぬ。江戸市中で刀を抜いて斬り合いをするなど許されぬことだぞ。もう戦国の世ではないのだ。刀は抜くものではない」

「では、何のために刀を差すのでしょうか？」

「己が武士であることを示すためだ。わしも二本差しだが、もう何年も刀を抜いたことはない」

雅之進が自慢するように言う。

（それだと、いざというとき錆《さ》びついて抜けないだろうな。兄上の真羅と同じだ）

頭の中で考えて、思わず口許が緩む。

「何がおかしい？」

「いいえ、何も」

「わしの言うことがわかったか？」

「はい」

「では、畏《おそ》れ入《い》れ」

「畏れ入りましてございます」

芝居がかった仕草で、愛之助が平伏する。

何事にも堅苦しく儀式張った男だから、愛之助が素直に指図に従ったので、いくらか機嫌がよくなる。

「ところで……」

　雅之進が話題を変える。

「婿養子《むこようし》の口がある。旗本だぞ。もっとも、家禄は少ない。五十俵だ」

「それは少ない」

　愛之助が呆れる。年禄五十俵では食うや食わずどころか、家禄だけでは飢え死にである。三千石の麗門家から見れば、取るに足らない零細な旗本ではないか。

「三河《みかわ》以来の名門だぞ。家格は、うちと大差ない」

「いかに名門でも五十俵では……」

「今は小普請《こぶしん》だが、おまえが後を継いだら、必ず何かの役に就けてやる。五百石くらいの役職なら、わしの力でどうにでもなるからな。一年以内には、きっと、そうしてやる。わしを信じろ」

「お役目は嫌だなあ」

　つい本音が出る。

　裃《かみしも》を着て、毎朝、登城するなど、想像するだけで溜息が出る。今の自由気儘な暮らしを捨てて飛びつきたくなるような話ではない。

「わがままを言うな。二十六にもなって、もう選《え》り好みのできる立場ではないのだ。話があるだけ、ましと思うがいい。このあたりで我慢しろ」

「お気遣いには感謝しますが、やはり、お断りさせていただきます」

「馬鹿者！」

雅之進が顔を真っ赤にして怒り出す。

だから、おまえは駄目なのだ、性根を入れ替えて生活を改めなければならぬ、こんなことでは亡くなった母上に顔向けできぬ、いや、母上だけではない、ご先祖さまにも申し訳ない……延々と小言が続く。

「……」

愛之助は肩を落とし、うなだれて、おとなしく雅之進の怒りを受け止めている。つまらない男だが、兄としての責任感から、雅之進なりに愛之助の将来を真剣に心配し、あれこれとお節介を焼こうとしている。その気持ちが伝わってくるから、神妙な顔でお説教を聞いているのだ。

説教疲れをしたのか、雅之進が大きく息を吐いて、お茶を飲む。

咄嗟《とっさ》に愛之助が話題を変える。婿養子の話もお説教にもうんざりしていたからだ。

「この前、番町の屋敷に行ってきました」

「そうか。その約束だけは律儀に果たしているわけだな。父上は、お元気だったか？」

「元気すぎるほどですね。面白く遊べるところがあれば、わしも連れて行けとせがまれました」

「何ということを……。まさか承知しなかったであろうな？」

「ええ」

「おまえは父上に似たのだろうな。父上は遊びも仕事も一流の人だったが、おまえは遊びだけが似てしまったらしい」

「で、兄上は仕事だけが似たのですね」

「余計なことを言うな」

「嫂上ですが、何だか元気がなさそうに見えました。どうかしたのでしょうか？」

「吉久美が？」

雅之進が首を捻る。

町奉行の役宅は奉行所内にあるから、本当であれば、吉久美と進吾は番町の屋敷ではなく、ここで雅之進と同居するべきである。

しかし、進吾の体が弱く、吉久美も病気がちだという理由で、二人を番町に残したまま、雅之進は役宅で一人暮らしをしている。

もっとも、雅之進の本音は、妻子に煩わされることなく、仕事と学問に打ち込みたいということであった。妻にも息子にも、それほど強い愛情を抱いているわけではない。要は自分が一番かわいいのだ。

だから、仕事を理由に妻子を放り出しても平気なのであろうし、彼らの日常生活にも無《む》頓着《とんちゃく》なのだ。それは愛之助にもわかっている。

「あれは体の弱い女だからな。また、どこか具合が悪いのかもしれぬ。そう心配することはあるまい。いつものことだ」

雅之進は何も心配していないらしい。

さして興味もないのであろう。

腰を上げようとして、ふと、

「そう言えば、この頃、世直し煬帝とかいう盗賊が暴れ回っているそうですね。悪いことをしている商人ばかりを襲っているとか」

「ふざけたことを言うな！」

雅之進の顔色が変わる。

「ただの人殺しではないか。女や子供、年寄りまで容赦なく殺して有り金を奪うような奴らだぞ。何が世直しだ」

「……」

触れてはいけないことに触れてしまったのだな、と愛之助は後悔する。

「おまえ、まさか……」

「何ですか？」

「煬帝と何か関わりがあるのではあるまいな？」

雅之進が愛之助をじろりと睨む。

「とんでもない。岡場所で悪ふざけはしても、さすがに押し込みなんかはしませんよ」

「ならば、いいが……」

こいつは信用ならぬという顔で雅之進が愛之助を睨む。

（とんだ藪蛇《やぶへび》だ）

愛之助がそそくさと部屋から出て行く。

一人で廊下を渡っていくと、

「愛之助ではないか」

後ろから声をかけられる。

「ん？」

愛之助が振り返る。

「おお、潤一郎《じゅんいちろう》か」

「久し振りだな」

「まったくだ」

愛之助が笑顔になる。

唐沢《からさわ》潤一郎は愛之助と同い年の二十六歳である。

麗門家と同じくらいの家格の旗本の次男で、屋敷も番町にある。子供の頃、同じ学塾で学び、同じ道場で剣術稽古《けいこ》に励んだ。

愛之助と違って、潤一郎は生真面目で学問熱心だったから成績もよく、師匠にも可愛がられた。飲み込みが悪く、師匠に叱られてばかりいる愛之助を見かねて、学問の手助けをしてくれた。

筋がいいので、やがて、潤一郎は秀才ばかりが通う学塾に移った。

剣術も幼い頃は同じ道場に通ったが、学塾を移るときに、潤一郎は道場も新陰《しんかげ》流の道場に変わった。学問も剣術も、幕臣としての王道を選んだわけである。そこまで王道にこだわったのは、いかに名門の旗本の子弟とはいえ、次男では家督を継ぐことができず、部屋住みで燻《くすぶ》る運命が待っているからであった。それが嫌なら、己の力量と才覚で道を切り開くしかない。そのために潤一郎は幼い頃から学問と剣術に真摯《しんし》に取り組んだのだ。

一方の愛之助は、潤一郎のような気概もなかったし、父の玉堂も、

「そんなにムキになって学問や剣術に打ち込むことはないさ。世の中には、もっと面白いことがたくさんあるからな。おまえまで雅之進のような堅物になられちゃ、こっちが困るぜ」

と愛之助の教育に無頓着だったから、物心つくと、神田花房町《はなぶさちょう》の陵陽館《りょうようかん》という、さして流行《はや》ってもいない町道場に通うことになった。

もっとも、道場主の三枝如水《さえぐさじょすい》は、若い頃から伊藤一刀斎《いとういっとうさい》の流れを汲《く》む一刀流の修行に打

ち込み、四十になったときに奥義を究めて開眼し、放念無慚流という一派を立てたほどの男だから、剣術の筋はいい。

道場が流行らず、近所の者たちから貧乏道場と笑われているのは、三枝如水の性格に意固地なところがあり、少しでも気に入らないと門人を追い出してしまうからであった。そのせいで門人の数は少なく、道場の経営は苦しい。

愛之助の学問と剣術が飛躍的に伸びたのは、十四歳のとき、山尾の手引きで女を知ってからで、それまでは学問も剣術も人並み以下だった。

学塾と道場が別になってからも愛之助と潤一郎の交流が途絶えなかったのは、時折、潤一郎が麗門の屋敷を訪ねてきたからである。

愛之助に会いに来たわけだが、本当の目的は雅之進の知遇を得ることであった。順調に出世の階段を上っていく雅之進の手引きを期待したわけである。

「お奉行に会いに来たのか？」

潤一郎が訊く。

「会いに来たのではなく、呼び出されたのさ。できれば、ここには来たくないのだが」

「いろいろ悶着を起こしているようだな。噂は耳にしているぞ」

「どうせ変な噂ばかりだろうな。ところで、おまえは何をしているんだ？」

「なあに、猟官《りょうかん》運動さ。ようやく、お奉行が会って下さるというのでな。手紙を書いて、時間を取っていただくのにひと月もかかった」

潤一郎が自嘲気味《じちょうぎみ》に笑う。

学塾では塾頭を務めるほどの秀才だったというし、新陰流の道場でも師範代を任されていたという。

「そうか」

それほどの男がいまだに何の役に就くこともできず、世間的には愛之助と同じ部屋住みの厄介という立場なのである。

何とかその境遇から抜け出そうと、雅之進に助力を願いに来たのに違いなかった。

しかも、雅之進と会う約束を取り付けるのに、ひと月もかかったという。

久し振りに会った潤一郎の端正な顔を見て、

(それほどまでに役に就きたい者もいるのだなあ)

と哀れになり、ふと、

(さっきの話、おれでなくてもいいではないか。おれなんかより、潤一郎の方がよほどふさわしい)

と思いついた。

「実はな……」

雅之進から勧められた婿養子の件を、愛之助は潤一郎に話した。

「え、そんな話があるのか？」

「だから、五十俵だぞ」

「家禄など少なくて構わぬ。お役に就けば、自分の力で稼ぐことができるのだからな。そう、お奉行が約束して下さったのだろう？」

「まあ、そうだが……。それに、向こうの娘、とんだおかめかもしれんぞ」

「顔など、どうでもいいさ」

「それならいいが……」

「おまえは、本当にいいのか？」

「おれは、もう断ったよ。おれには城勤めなど無理だからな」

「それなら……」

「ああ、おれから話を聞いたと言えばいい。おまえは兄上のお気に入りだから、きっと承知してくれるさ」

「すまぬ。この恩は決して忘れぬ」

潤一郎が両手で愛之助の手を握り、深々と頭を下げる。

八

潤一郎と別れ、愛之助が北町奉行所を後にする。松蔵が寄ってくる。

「待っていたのか？」

「せっかくですから、もう少しお話しできればと思いまして。随分、絞られたようですね」

「わかるか？」

「冴えない顔をしてらっしゃいます」

「そうだろうな。気にかけてくれるのはありがたいが、どうも、あの人の話を聞いていると気が滅入って仕方がない」

「ご兄弟なのに、住んでいる世界がまるで違ってますからね」

「ああ、そのようだ」

「水沼の旦那から耳打ちされたんですが……」

「うむ？」

「仲町の一件ですが、このままでは収まらないかもしれません」

「と言うと？」

「岡場所で悶着を起こしただけなら、どうにでも揉《も》み消すことができたでしょうが、さすがにお侍が髷を切り落とされてしまったのでは、ごまかしようもありませんから」

「そういうことか。咄嗟にやっちまった。あんなところで人を斬るのは嫌だったのでな」

「いっそ、お斬りになった方がよかったかもしれません」

「無茶を言うな」

「とりあえず、身辺には気をつけていただきたいという言付けです」

「承知した」

「雨海藩の動きについては目を光らせておきます。わたしが自分で調べるわけにはいきませんが、いろいろコネもありますから。水沼の旦那だけでなく、才谷さまからもできるだけのことをして差し上げるように言われてますんで」

「世話をかけるな」

雨海藩のことなど、本音を言えば、愛之助にはどうでもいいが、まあ、よろしく頼む、と適当に言っておく。

北鞘町まで来たとき、

「どうです、うちに寄っていきませんか？　お清も喜びます」

松蔵が湯屋に誘う。

「そうするかな。汗を流せば、少しは、すっきりして気分も晴れるかもしれぬ」

愛之助がうなずく。

九

「あら、先生」

愛之助の顔を見ると、お清が若い娘のような黄色い声を出す。実際には四十歳の大年増《おおどしま》である。

「汗を流させてもらうぜ」

愛之助が八文の入浴料を払おうとすると、

「いやだ、もう。いりませんよ、そんなもの」

愛之助の手を押し返す。押し返しながら、さりげなく指を絡ませ、誘うような眼差しを愛之助に向ける。

「おいおい、亭主の前なんだぜ」

松蔵が呆れたように首を振る。

「いいじゃないのさ。わたしだって、たまには自分が女だってことを思い出したいんだよ」

「勝手にしろ」

「ちょいと番台を代わって下さいな。わたしは先生のお世話をしないとね」

「あまりしつこくするんじゃないぜ。先生にご迷惑だ」

「はいはい、わかってますよ」

お清は、浮き浮きとした足取りで、愛之助を二階に案内する。

湯屋の二階は男だけの休憩所になっている。

古い時代には、二階に湯女《ゆな》がいて売色もしたが、今はそんなことはない。将棋を指したり、囲碁を打ったり、茶を飲んだり、菓子を食ったり、酒を飲みながら雑談したり、思い思いに気楽に過ごすことのできる場所である。女は入ることができない。

湯屋には町人だけでなく、武士も来る。二階には武士の刀を預かる場所もある。まさか、脱衣所に刀を置いて湯に入るわけにはいかないからだ。

「先生、お久し振りですねえ」

下女のお万《まん》が明るい声を出す。預かった刀を見張ったり、注文された茶菓子や酒を用意するのが仕事である。お清と同じく三十過ぎの大年増だ。

「何だね、若い娘みたいな声を出すんじゃないよ」

お清が叱る。

「だって、先生に会えて嬉しいから。ねえ、女将さん、しばらく誰かに仕事を代わってもらっちゃいけませんか？」

「なぜ？」

「先生のお背中を流したいから」

お万が恥ずかしそうに豊満な肉体をよじる。

「おまえは、自分の仕事をちゃんとしてればいいんだ。ちゃんと先生の大切な刀をお守りしな」

「よろしく頼むぜ」

「はい」

お万がしょんぼりとうなずく。

お清と愛之助が一階に戻る。

早速、愛之助が着ているものを脱ぎ、衣棚に入れる。この衣棚には鍵がついている。

「おい、何を見てるんだよ」

「いいえ、別に」

お清が目を逸《そ》らす。

実際には愛之助の股間をじろじろ見つめていたのである。

「手拭いと糠袋《ぬかぶくろ》を借りてきてくれ」

「ご心配なく。用意してあります」

お清が懐から手拭いと糠袋を差し出す。

「用意のいいことだ」

裸になると、愛之助は流し場に入る。洗い場を通り抜けると、奥に柘榴口《ざくろぐち》がある。湯船の入り口である。体を洗ってから湯に浸《つ》かるのではなく、最初に湯に浸かって体を温め、それから、ゆっくり体を洗うというやり方なのである。

蒸気が逃げないように柘榴口の敷居が低くなっているので、腰を屈めながら、

「ごめんなさいよ」

と声をかけて中に入る。

柘榴口の中は薄暗く、すぐ隣にいる者の顔も判然としないほどだから、声をかけてから中に入るのが礼儀なのである。

ゆっくり湯に浸かっているうちに、雅之進のせいで、もやもやと渦巻いていた不愉快な気分も溶けていく。

柘榴口から洗い場に出ると、襷掛《たすきが》けで裾を端折《はしょ》ったお清が糠袋を手にして待っている。

「お背中、流させて下さいな」

「そうか」

いちいち言い争うのも面倒なので、お清に任せることにする。丁寧に念入りに垢《あか》をこすってくれるが、偶然を装って猪母真羅を触ろうとするのには閉口する。周りにいる女たちまで、じろじろと無遠慮な目を向ける。勃起しているわけでもないのに、それでも愛之助の猪母真羅はあり得ない大きさなのだ。女たちが心をときめかせるのも無理はない。

「ありがとうよ、もう結構だ」

愛之助が腰を上げる。手拭いで前を隠すが、それでも猪母真羅を完全に隠すことはできない。女たちがぽかんと口を開けている。

身繕いすると、愛之助は二階に上がろうとする。

お清がついて来ようとするが、愛之助は手で制し、

「そろそろ番台に戻った方がよさそうだぜ。旦那の機嫌が悪そうだ。あんな顔をしてたんじゃ、客が逃げちまうぜ」

「そんなあ」

「おれのことは、もういいよ」

さっさと二階に上がってしまう。

愛之助が一人で二階に上がって来ると、お万が嬉しそうに近寄ってくる。愛之助を坐らせると、頼まれもしないのに酒肴《しゅこう》の支度をする。

「よかったら、肩でも揉みましょうか？」

「今は結構だ。あっちで客が呼んでるぜ」

「もう憎らしい客だよ。わたしは、ずっと先生のそばにいたいのに」

ぷりぷりと怒りながら、お万が離れていく。

愛之助が手酌で酒を飲み始めると、隣で将棋を指している年寄りたちが、

「先生には、いつでも女が寄ってきますなあ」

「女将といい、お万といい、まるで生娘のようにはしゃいでいる」

「女がいなくて困ったことなどないのでしょうな？」

「うむ、そうだな。そういうことはないようだ」

愛之助がうなずく。

「羨ましい」

「一度でいいから、そんなことを言ってみたい」

「まったくだ」

「世の中には、こんな羨ましい人もいるのだなあ」

年寄りたちが顔を見合わせて溜息をつく。

十

湯上がりのさっぱりした顔で、愛之助がゆっくり歩いて行く。

雲母《きらら》橋を渡って伊勢町に戻ったところで、

「先生」

と背後から声をかけられる。

振り返ると、越前屋吉左衛門《えちぜんやきちざえもん》である。堀江町《ほりえちょう》三丁目にある米問屋の主だ。時たま、湯屋で顔を合わせるし、往来ですれ違うこともある。腰が低く、愛想のいい男で、愛之助に会うと、いつもにこやかに挨拶する。愛之助の身分も知っているらしい。

「湯屋の帰りですか？」

「わかりますかね」

「ええ、不思議なもので、湯屋の帰りには、誰もが同じような顔になりますね」

「なるほど」

「わたしは朝と夕方、一日に二度は行くようにしていますが、暑いときだと昼にも行きますよ。気持ちいいですからね」

「これから行くところですか？」

「その前に寄るところがあります」

吉左衛門がさりげなく前方に視線を向ける。生け垣を巡らせた小さな家から三味線の音が聞こえている。お耀《よう》という小唄《こうた》の師匠の家である。小女と二人で住んでいる。

「ああ、手習いですか」

「小唄のひとつくらいは知らないと、商売仲間との寄り合いに出ても肩身が狭いものですから」

言い訳がましく言うと、恥ずかしそうに自分の額を軽く叩く。

「なかなか粋なものですね」

「そうでもありませんがね。では、これで」

軽く頭を下げると、吉左衛門が玄関を開けて案内を請う。三味線の音が止《や》む。

しばらく歩いてから振り返ると、玄関先に吉左衛門とお耀が並んで立っている。

お耀が会釈する。

愛之助も挨拶を返す。

お耀は二十七歳の妙に色っぽい女である。

吉左衛門がお耀を囲っていることは公然の秘密である。そのせいで越前屋では夫婦喧嘩が絶えないという噂を、お藤から聞いたことがある。

お藤は、

「あんなじじいのどこがいいのだか。所詮、お金目当ての尻軽女なんでしょうね」

と、お耀を罵った。

吉左衛門は五十四歳で、もう孫がいるくらいだから、確かにじじいである。

「越前屋は堀江町にあるんだぜ。どうして他の町のことなんか、しかも、夫婦喧嘩のことまで詳しく知ってるんだ？」

「だって、堀江町にだって、酒問屋はあるんですよ。同業者の寄り合いに出るのは亭主ですけど、年に何度か女房だけが集まることもあるんです」

「ああ、なるほど」

そういう席で下世話な話を聞いてくるというわけであろう。

（尻軽だから悪いということもないだろうに）

愛之助はお耀に同情的である。金払いのいい旦那を持たなければ、小唄の師匠風情が小綺麗《こぎれい》な表店《おもてだな》で暮らすのは難しいだろうと理解できるからだ。江戸で人並み以上の暮らしをするのは、そう簡単なことではない。それは愛之助自身、身に沁《し》みている。

十一

井筒屋に戻り、離れに腰を落ち着けると、すぐに幹太がやって来て、

「先生、お客さんです」

「誰だ？」

客というのは御子神検校からの使いであった。すぐに来い、というのだ。用件はわからない。

またかと思いながら、愛之助が溜息をつく。

「仕方ねえな。行くか」

せっかく湯に浸かって、酒も飲んで気分よく帰ってきたのに、これで台無しだぜ、と腹

立たしいものの、金蔓の頼みを無下に断るわけにもいかない。

検校の屋敷に着く頃には、あたりはもう暗くなっている。

「例の一件だが、少々、厄介なことになるかもしれぬぞ」

「仲町のことですな」

雨海藩のことなら、さっき松蔵から聞かされたばかりなので、検校から話を聞いても、愛之助は驚かなかった。

「頭の固い武士は何をするかわからん。逆恨みされたら迷惑だ。当分の間、この屋敷に詰めてもらいたい……」

早速、今夜から泊まってくれ、と検校が言う。

「いきなり言われても無理ですな」

「それなら明日からでいい。まさか、赤穂《あこう》浪士でもあるまいし、この屋敷に討ち入ることもあるまい。わしが屋敷から出なければいいだけのことだ。その代わり、明日の昼までには来い。ずっと出かけないわけにもいかん。商売に差し支えるからな」

いいな、わかったな、と検校が念を押す。

「はい」

承知せざるを得ない。

検校の部屋を出て帰ろうとすると、見送りについてきた香澄が廊下ですり寄ってくる。

「何だ？」

香澄の手を、愛之助が鬱陶しそうに払いのける。

「そんなに邪険にしないでよ。わたし、愛さまが恋しいだけなんだから」

香澄の目に涙が浮かぶ。

「それが迷惑なんだよ」

「だって、好きなんだもの」

香澄が愛之助の胸にしがみつく。

「おい、見られてるぜ」

「え」

ハッとして香澄が愛之助から離れる。肩越しに振り返ると、物陰から仁王丸が二人の様子を探っている。

「あいつなら大丈夫」

「いいのか？」

「女を抱けない男なんだよ。いつもわたしを盗み見て、吾手掻《あてが》きしてるんだよ」

「自分でやるのが好きなのか。それなら、見せてやるか」

愛之助は香澄を廊下に面した小部屋に引きずり込む。香澄の裾をまくり上げて、香澄の腰を抱きかかえる。

「ああっ」

香澄が歓喜の声を発する。

愛之助は立ったままで、両手で香澄の尻をつかんでいる。

香澄は両足を愛之助の腰に巻き付け、両手を愛之助の背中に回して必死にしがみつく。

愛之助が腰を動かすたびに、香澄は、あっ、あっ、あっ、と喘ぎ、次第に目の焦点が定まらなくなり、口の端から涎を垂らし始める。快感に溺れると、どの女も同じような顔になるものだな、と愛之助は冷静に香澄の表情を観察する。こんなに鬱陶しい性格でなければ、もっと抱いてやるのだが……そんなことを考えながら、愛之助は淡々と腰を動かし続ける。

香澄の首筋に顔を埋《うず》めながら、廊下に視線を走らせる。わざと障子を閉めなかったのだ。

廊下の向こう側に仁王丸がいる。

瞬きすらせず、興奮した面持ちで、必死に己の陽根をしごいている。馬のような巨根である。愛之助が香澄を犯すのを見て、異様に興奮しているらしい。

あれだけ見事な陽根を持っているのに、本当に女を抱くことができないのだろうか、と不思議な気がする。

第二部　果たし合い

一

翌日の昼過ぎ、愛之助は検校の屋敷に出向いた。

「遅いぞ」

愛之助がやって来るのを待ちかねていた様子で、すぐさま検校は、愛之助と仁王丸を連れて出かける。借金の取り立てである。あちこちへ忙しく足を運び、夕方になって、ようやく屋敷に戻る。

湯屋に汗でも流しに行くか、と思案しているところに松蔵と三平がやって来る。井筒屋に行って、ここにいることを教えてもらったのだという。

昨日の今日なので、何かあったのかと愛之助は訝《いぶか》しむ。

「ええ、その通りなんです。先生に髷を切り落とされた雨海藩の留守居役、芹沢掃部介というんですが、役を解かれて藩に呼び戻されることになったそうですよ。たぶん、切腹でしょうね」

お侍さんは大変ですね、と松蔵がつぶやく。

「大事になっちまったな」

「自業自得でしょう」

「わざわざ知らせてくれてすまなかったな」

「また何かわかったら寄らせてもらいます」

松蔵たちが帰ると、一応、検校にも知らせておいた方がいいかな、と愛之助は考える。

愛之助から話を聞いた検校は、

「ふんっ、呼び戻されて切腹か。馬鹿が死んでくれればありがたいわい」

ひひひっ、と猿のように笑う。

「そういうことですから、わたしは、もう帰ってもいいですね?」

「何を言う。それこそ自棄《やけ》になって襲ってくるかもしれぬではないか」

と、検校は愛之助が帰ることを許そうとしない。

二

五日経った。

愛之助は、うんざりしている。検校の屋敷に泊まり込むことに飽き飽きしているのだ。ずっと屋敷に閉じ籠もっているのもつまらないし、四六時中、香澄につきまとわれるのにも嫌気が差している。寝ていると勝手に布団に潜り込んでくるから、ゆっくり眠ることもできない。

何よりも胸くそ悪いのは検校の吝嗇ぶりである。

用心棒として遊郭にお供するときは一日に一両もらっている。てっきり今回も同じだけもらえると思っていたら、

「屋敷に泊まり込んで飯を食うだけではないか。仕事に一緒に出かけても、昼日中に誰かが襲ってくることもなかろう。大した手間ではあるまい」

という理屈で、半額の二分に値切られてしまったのだ。

(これでは割に合わぬ)

愛之助は、こっそり屋敷を抜け出した。井筒屋に戻って、誰にも邪魔されずに眠り、どこかでうまいものを食って検校の屋敷に戻ろうと考えた。

「おや、先生、お帰りになったのですか？　当分、検校さまのお屋敷に泊まり込むというお話でしたが……」

顔を合わすなり、宗右衛門が嫌味を口にする。

何とか愛之助を追い出したいと考えている宗右衛門とすれば、愛之助が検校の屋敷に泊まり込むのは勿怪《もっけ》の幸いだった。できれば行ったきりになって戻って来なければありがたい、くらいのことは願っていたであろう。

井戸端で足を洗って離れに上がろうとすると、廊下に幹太が坐り込んでいる。

「そんなところで何をしてるんだ？」

「旦那さんが、ここで見張ってろと言うんです」

「何を見張るんだ？」

「離れに誰も入らないように」

「け」

愛之助が戻ったと知れば、お藤やお美代が離れに駆けつけるのではないか、と宗右衛門は危惧しているのであろう。だから、幹太に見張りをさせているのに違いない。

（人をコケにしやがって）

愛之助の方からお藤やお美代を誘っているのなら宗右衛門の怒りも理解できないではないが、そうではない。二人が勝手に押しかけて来るのだし、愛之助も迷惑しているのだ。

なぜ、自分ばかり悪者にされなければならないのか、と腹が立つ。

「好きにするさ」

愛之助は離れに入り、刀架けに大小を載せると、畳の上に大の字にひっくり返る。

(おれは眠りたいだけなんだ……)

目を瞑《つむ》ると、すぐに眠気が兆してくる。

が……。

廊下で騒ぎが起こる。

お藤が幹太を叱ったのだ。ここはいいから店に戻りなさいと命じたが、たとえ誰の命令でも決して動いてはならぬと旦那さんからきつく指図されているのです、と言い返したところ、

「おまえは誰に口を利いているんだ」

と、お藤が幹太を平手打ちにした。

幹太は声を上げて泣き始める。

「さっさと行けというのに」

怒鳴りつけられて、幹太が逃げるように走って行く。

「先生、起きてるんでしょう? 寝た振りなんかしても駄目ですよ。何日も留守にして、わたしは淋しくて仕方なかったんですからね」

部屋に入ってきたお藤がいきなり、愛之助に抱きつく。馬乗りになって、愛之助の猪母真羅をまさぐり始める。

「おいおい、何をする気だよ」

「いいじゃないですか。わたしは、これがほしくてたまらないんだから」

お願いですよ、哀れと思って抱いて下さいまし、とお藤が懇願する。

「おっかさん、何をしてるのよ」

お美代が部屋に入ってきて、お藤を両手でどんと突き飛ばす。あれ〜っ、と叫んで、お藤が横倒しになって転がる。

「いい年齢《とし》をして恥ずかしいと思わないの？」

「おまえこそ、何しに来たのさ。出て行きなさい」

「誰が出て行くものですか」

お藤とお美代が口汚く罵り合いを始める。今にも取っ組み合いでも始めそうな剣呑《けんのん》な雲行きである。

すると、廊下をどたどたと踏み鳴らす音がして、宗右衛門がやって来た。幹太の注進を受けて、大急ぎで駆けつけたのであろう。

愛之助を挟んで妻と娘が罵り合う姿を見て、宗右衛門もぎょっとする。

「二人で、ここで何をしている？」

「あんたからも言って下さいよ。嫁入り前の娘が離れに来ては駄目だって」

「悪いのはわたしではなく、おっかさんなのよ。先生に抱きついていたんだから」

「おまえたち、恥ずかしくないのか」

ついには親子三人で言い争いを始める。

（冗談じゃないぜ）

うんざり顔で愛之助は立ち上がると、刀を腰に差す。

「先生、お出かけですか？」

お藤が訊く。

「ここでは昼寝もできんからな。おれが出かけたら、好きなだけ親子喧嘩をするがいい」

勝手にしろ、と吐き捨てると、愛之助はさっさと離れから出て行く。

三

神田花房町。

放念無慚流の道場・陵陽館からは、袋竹刀《しない》を打ち合う音や気合いの声が響いている。

道場主の三枝如水は、六十一歳という高齢なので、道場に姿を見せることはほとんどなくなっている。代わって、門弟たちに稽古をつけるのは師範代・天河鯖之介《てんがさばのすけ》の役目である。

今、鯖之介は愛之助と立ち合っている。

二人は同い年で、子供の頃から、この道場で共に汗を流した間柄だ。

鯖之介は貧乏御家人の倅《せがれ》で、愛之助とは身分が大きく違うが、なぜか馬が合い、今に至るまで変わらぬ友情を持ち続けている。

違っているのは身分だけではない。見た目もまるで違う。

愛之助はすらりとしたいい男だが、鯖之介は肥満している上に、あばた面の醜男である。

だが、師範代を務めるだけあって、鯖之介の動きは敏捷で、愛之助が少しでも気を抜くと、すぐさま激しく打ち込まれてしまう。

たっぷりと汗を流し、井戸端で汗を洗い流すと、どちらからともなく飲みに行くか、という話になる。

鯖之介は常に素寒貧《すかんぴん》なので、いつも愛之助が奢ることになる。

鯖之介の家は下谷御徒町《したやおかちまち》だから、伊勢町にある井筒屋とは道場を挟んで南北に離れている。帰り道が真逆なのである。

しかし、鯖之介は、ただ酒が飲めるのであれば、文句を言わず、どこにでもついていく。

二人は、道場と井筒屋の中間地点付近、紺屋町《こんやちょう》にある馴染みの縄暖簾《なわのれん》「うずら」に行く。

四十代の母親と二人の娘たちでやっている縄暖簾で、お嶋《しま》という母親の作る料理がうまいし、二十歳の姉・お鶴《つる》と十八歳の妹・お亀《かめ》がどちらも愛嬌があって陽気なので、男たちに人気がある。

道場からの帰り道にあるので、愛之助はたまに寄る。酒も料理もうまいのはいいが、難点は、お鶴とお亀が愛之助のそばから離れないことだ。どんなに忙しくても、二人が愛之助にべったり張り付くので、愛之助は他の客たちの冷たい視線を浴びなければならず、お嶋も機嫌が悪くなる。

ところが、鯖之介と一緒だと、お鶴もお亀も寄ってこない。「うずら」だけでなく、他の縄暖簾や小料理屋に行っても同じなのである。鯖之介には女を寄せ付けない魔力でもあるのではないか、と愛之助は不思議に思っている。

愛之助にとっては、実にありがたい。たまには女を近づけずにのんびりしたいのだ。

その代わり、鯖之介の愚痴を聞かされる羽目になる。

お鶴とお亀は酒と料理を運ぶと、恨めしそうに愛之助を見つめ、怒りの視線を鯖之介に向ける。二人の顔を見て、愛之助は笑いたくなってしまう。

「さあ、飲むか」

「うむ」

鯖之介は背中を丸め、申し訳なさそうな様子で愛之助の酌を受ける。

「ああ、うまい」

目を細め、大きく息を吐きながら、鯖之介がしみじみとつぶやく。

「近頃は飲んでないのか？」

「飲みたくても飲めない」

鯖之介が袖を振る。ない袖は振れない、つまり、金がないと言いたいのであろう。

「おまえは、どうして金回りがいいんだ？　もちろん、すごい家の生まれだとわかっているが、どんなすごい家だろうが羽振りがいいのは当主だけで、部屋住みは貧乏なものだと決まっているのに」

「おれだって働いてるのさ」

「どうせ堅気の仕事ではあるまい。おれなんか、自慢ではないが日傭取《ひようと》りまでしているのだ。この前は河岸《かし》で米俵《こめだわら》を担いだ。米搗《こめつ》きまでやらされた。手拭いで顔を隠して魚や野菜を売り歩いたこともある」

「なぜ、顔を隠す？」

「知り合いに見られては困る。これでも御家人の端くれだ。棒手振《ぼてふり》ではない」

「顔を隠してまでやらなくてもよかろう」

「好きでやったわけではない。食うために恥を忍んでやったのだ」

「嫌ならやめろよ。他にも仕事はあるだろうに」

「おまえには小普請の御家人の辛《つら》さなどわからんのだ。三十俵二人扶持《ぶち》だぞ。そこから借金を返せば、何も残らん」

しかも、おれの作った借金ではない、親父やじいさんが残した借金なんだからな、と溜息をつく。

「ふうむ、三十俵二人扶持か……。つい先日、兄から養子の口を世話してやると言われた。その家が、確か、五十俵だったな」

「旗本で五十俵は少ないな。無役か？」

「そうだ。今は無役だが、すぐに五百石くらいの役に就けてやると言いやがった」

「で？」

「断ったさ」

愛之助が酒を飲み、肩をすくめる。

「城勤めなんか、ごめんだ。おれの性に合わん」

「おのれ」

鯖之介が猪口をばしっと木卓《もくたく》に叩きつける。

「自分を何様だと思っている？　おまえと話していると、おれは不愉快になる」

「なぜだ？」

「おれは金がない。おまえも金がないと言う。しかし、おまえは酒も飲めるし、うまいものも食える。金が入ってきても、すぐに使ってしまうから金がないだけで、おれの目から見れば、おまえは貧乏じゃない。おれには、そもそも金が入ってこない」

「おまえは、いい奴だが、貧乏臭い。貧乏神を背負っているように見える。だから、金が寄ってこないのさ」

「何とでも言え。本当に貧乏なんだから仕方がない」

「そうかもしれぬ」

愛之助がうなずく。

「何より気に入らんのは……」

鯖之介がぐいっと身を乗り出して、愛之助に顔を近づける。

「おまえが女に不自由していないことだ。ちくしょう、おれなんか貧乏な上に不細工だから妻《めと》を娶ることもできない。まあ、娶ったところで食わせていくこともできんわけだが……」

鯖之介がまたもや重苦しい溜息をつく。

「女に好かれないのは、貧乏だからでも不細工だからでもない。顔なんか、どうでもいいのさ。おまえは懐が淋しいだけでなく、心も淋しい。いつも愚痴ばかりこぼす。おまえと一緒にいると、自分は幸せになれそうもないと女は察するんだよ。だから、そばに寄ってこないんだ」

「気に入らん。なぜ、おまえが偉そうに説教をする？」

「説教しているつもりはない」

「そう聞こえる」

「ならば、謝ろう。ところで、おまえ、最後に女と寝たのは、いつだ？」

「う」

鯖之介が怯む。

「商売女以外と寝たことはあるか？　素人という意味だが」

「……」

鯖之介は、がくっと肩を落とすと、絞り出すように、ない、と答える。

「やはり、そうか」

「近頃は、妓楼に行って安い妓を買う金もないから夜鷹《よたか》を買う。おまえには想像できまい。路地裏や草むらで、地面に敷いた茣蓙《ござ》の上でまぐわうんだぞ。相手の顔すらわからんのだ。いつだったか、事が終わった後に月明かりで女の顔を見たら、うちの母親より老けていた。母親どころか、死んだばあちゃんみたいだった。情けなくて腰が抜けそうになった」

「もう、よせ。こっちまで気が滅入ってくる」

「笑いたければ笑え。自分でも情けないんだ。自分が嫌になるんだ」

鯖之介が泣き始める。酔うと感情の起伏が激しくなるのが鯖之介の特徴である。しかも、泣きながら鼻水を垂らすから、実に見苦しい。正直なところ、こんな情けない男を好きになる女がいるとは、愛之助にも思えない。

「おまえに女の話などしたのが間違いだった。あ、そうだ。さっきの婿養子の話なのだが……」

「おれに世話してくれるのか？　喜んでいくぞ。たとえ相手がばあちゃんのような後家だとしても」

「それは無理だな。家禄は少ないが、家格は高い。御家人では釣り合いが取れぬ」

「ちくしょう」

「まあ、おれは断ったが、帰るときに、唐沢に会ったのだ」

「唐沢？」

「潤一郎だよ」

「ああ、あの唐沢か。長いこと会ってないなあ」

「おれも久し振りに会った。兄に会いに来たと言っていた。何かの役を世話してほしいと頼みたいらしかった」

「あいつも部屋住みだからなあ」

「唐沢にもさっきの養子の話をした」

「婿入りを譲ったのか？」

「話をしただけだ。たぶん、兄とも話しただろうが、兄からも唐沢からも何も言ってこないから、その後、どうなったのかわからない」

「おまえも潤一郎も名家の生まれだが、所詮、次男だ。兄上が健在で、兄上に後継ぎがいれば、一生、うだつが上がらない運命だ。おれは長男だが、貧乏御家人だし、小普請だ。うだつが上がらないという点では、おまえたちと同じだ。しかし、おまえらは家柄がいいから、そんないい話が転がり込んでくる」

「いい話かどうか、わからんさ。潤一郎は頭もいいし、剣もうまい」

「朱子学だけでなく、確か、蘭語も学んでいたな」

「ああ、そうだった。通詞にでもなるのかとからかったことがある」

「剣は新陰流。学問も剣も出世の王道だな。あざとすぎる気もするが……」

「いっそ家など捨てて、学塾でも道場でも開けば、一角《ひとかど》の男になれそうだが」

「家柄がよすぎるのだ。だから、見栄《みえ》を捨てることができないのさ」

「唐沢と麗門の家格は同じくらいだぞ。しかし、おれはこうして気儘に生きている」

「おまえとあいつは違う」

「何が？」

「兄上が北町奉行ではないか。おまえが望めば、すぐにでも仕官できるはずだ。そんな余裕があるから、平気で婿養子の口を断ることができるのだ」

「おいおい、わずか五十俵だぞ。それに、おまえが言ったように、どんな女が妻になるのかもわからぬ」

「それが何だ。いい役に就けてやると兄上は約束してくれたのだろうが」

「そうだが……」

「妻など、どんなに不細工でもいいではないか。外を歩けば勝手に女たちが寄ってくるのだから」

「おいおい、また女の話か」

「おまえには猪母真羅がある。おれにも潤一郎にもない。北町奉行の兄がいる。おれにも潤一郎にも、そんな兄はいない」

鯖之介が憎々しげに愛之助を睨む。

「そう僻《ひが》むな」

「自分がどれだけ恵まれているか、おまえは何もわかっていないのだ。親友でなければ呪い殺したいくらいだ。おまえが羨ましい……いや、憎いぞ」

「……」

鯖之介の剣幕に愛之助が黙り込む。

その後も酒を飲みながら愚痴をこぼし、愛之助にからむ。ついには、悔しい、悔しいと泣きながら、木卓に突っ伏して居眠りを始める。

それを見て、

「お鶴、勘定だ」

愛之助が声をかける。

「え～っ、お帰りになるんですか？」

わたしもお亀も先生がいらっしゃるのを首を長くして待ってたんですからね、それなのに、こんなにすぐにお帰りになるなんて、とお鶴が口を尖らせる。

「また来るよ」

「その人だけ先に帰ってもらったらどうですか？」

「そうはいかんさ」

金を払い、愛之助が腰を上げる。

四

鯖之介に肩を貸して、愛之助が「うずら」を出る。

往来に出ると、

「大丈夫だ」

鯖之介が愛之助の手を払い、背筋を伸ばす。実は、それほど酔っていたわけではないらしい。

「まだ飲み足りん。どこかで飲み直そう」

「おまえは帰った方がいいよ」

「駄目だ。女を抱くか、酒を飲むかしないと、家に帰っても眠れそうにない」

「しかし……」

と口にしてから、ふと思いつき、

「それなら、今夜は、おれのところに泊まるか？　いくらでもうまい酒が飲めるぞ」

「ああ、酒屋に居候しているんだったな。行こう。朝まで飲んでやる」

「おまえは飲め。おれは眠らせてもらう」

井筒屋に帰れば、どうせまた、お藤やお美代が部屋に忍び込もうとするに違いない。鯖之介が一緒にいれば、二人を遠ざけることができるだろうと愛之助は考えたのだ。

紺屋町から伊勢町への道々、鯖之介は、またもや愚痴をこぼし始める。

（悪い奴ではないし、剣の腕も確かだが、とにかく、こいつは鬱陶しい。女に好かれないのも無理はない……）

鯖之介の愚痴に辟易《へきえき》しながら、ようやく井筒屋に帰り着く。鯖之介には一人で勝手に酒を飲ませ、おれはさっさと寝ることにしよう、と愛之助は考える。

しかし、そうはうまくいかなかった。

検校の使いが待ち構えていたのである。

「明日の朝に出向くと伝えろ」

「どんなことがあっても、今夜中に来てほしいと言付かっております。幸い、それほどひどい怪我ではないのですが……」

「検校が怪我をしたのか？」

「はい。何者かに斬りつけられたのです」

愛之助の姿が見えないので、仕方なく仁王丸一人を連れて取り立てに出かけ、その帰り道、何者かに襲われたのだという。

「やむを得ぬ」

検校が襲われて怪我をしたと聞けば、さすがに放っておくわけにもいかないので、愛之助は検校の屋敷に出向くことにする。

「すまん、鯖之介、出かけなければならぬことになった。おまえは、おれの部屋で休んでくれ。酒も運ばせる」

「何を言うか。一緒に行く。詳しいことはわからぬが、力を貸すぞ」

こういう人のよさも、鯖之介の特徴のひとつなのである。すぐさま二人は井筒屋を後にする。

五

愛之助を迎えた検校は恐ろしく不機嫌である。

「おまえのせいだぞ。おまえがいれば、こんなことにはならなかったのだ」

「はあ、申し訳ありませぬ」

口では詫びるが、内心、

（慌てて来ることもなかったな）

と、愛之助は舌打ちしている。

見たところ、大した怪我ではない。かすり傷とも言えないが、少なくとも深手ではない。腕を斬られているが、普通に、その腕を動かしているくらいだから大したことはない。

「相手は一人でしたか？」

「うむ。一人でよかった。二人だったら、わしも仁王丸もやられていただろう」

不意を衝《つ》かれて検校は手傷を負ったものの、すぐさま仁王丸が反撃し、丸太を振り回して追い払ったという。

「それにしても、白昼、人通りのある往来で襲ってくるとは驚きですな。何者ですか？」

「仁王丸が言うには、黒江町のそばで見かけた奴らしい」

「留守居役ですか？」

「若い方だという」

「ああ、留守居役と一緒にいた男ですか」

何となく愛之助も覚えている。

「おまえが勝手に出かけたせいで、わしはひどい目に遭った。しかし、許してやろう。心を入れ替えて、今夜から、屋敷に泊まるがいい」

「あ、そのことですが」

咄嗟に愛之助が声を発する。隣にいる鯖之介の顔を見て、妙案を思いつく。

「ここにいるのは天河鯖之介といい、陵陽館の師範代を務めている者です。幼き頃より、わたしが親しくしてきた者です。御家人の倅で身元は確かです。わたしの代わりに雇ってみてはいかがですか。同門の師範代ですから、わたしより腕は優れております」

「おまえは、わしのそばにいるのが嫌なのか？」

「そうではありませんが、わたしはひとつ場所にじっとしていることのできぬ男です。そのせいで検校さまを危ない目に遭わせてしまいました。二度とそういうことが起こらぬように天河を推挙したいと思うのです」

「おいおい、ちょっと待ってくれ」

鯖之介が迷惑そうな顔をする。

「この屋敷で寝泊まりするだけでいい。飯も食わせてくれるし、酒も飲ませてくれる。検校さまが外出するときは、お供をする。仕事は、それだけだ。手間賃は一日二分だぞ」

「え」

鯖之介が目を丸くする。

「二分か。まことか」

「ああ、本当だ」

「悪くない……」

思わず鯖之介が本音を洩らす。

「本当に腕が立つのか?」

検校が訊く。

「さっきまで道場で稽古をしましたが、三本のうち二本は天河に取られました。それほどの腕です」

「天河とやら」

検校が鯖之介に呼びかける。

「路上で、わしが何者かに襲われたら、おまえはどうする?」

「命懸けでお守り致します。敵が検校さまのお体に触れることができるのは、わたしが骸《むくろ》となったときだけでございましょう」

「気に入った。雇おう。今夜から屋敷に泊まり込んでくれるか？」

「承知致しました」

鯖之介が平伏する。

（おいおい）

いかに嬉しいからといって、御家人が検校などに平伏するのはまずいだろう、と愛之助は顔を顰める。


鯖之介を残して愛之助が帰ろうとすると、香澄が廊下を走って追ってきて、

「意地悪」

いきなり背後から愛之助にしがみつく。

「何をする」

「どうして、愛さまの代わりがあんな醜男なのよ」

「顔は、どうでもいい。検校さまを守るのが仕事だからな」

「だって、気持ち悪いんだもの。わたしのこと、じろじろ見るんだから。いやらしい」

香澄が顔を顰める。

「そう冷たくするな。悪い奴ではない。おれが子供の頃から親しくしている男だ」

「あの人も猪母真羅なの？」

「さあな、おれは知らん。しかし、自分のばあさんみたいな年齢の女が抱いてくれとせがんでくるらしいぞ」

「ふうん、そうなんだ……」

鯖之介に興味を持ったらしい。

六

翌日の夕方、愛之助は湯屋に出かけた。手拭いを肩にかけた着流し姿で、刀も差していない。刀どころか脇差しすら差していない。

湯屋を出たときには、もう日が暮れている。

堀端をゆっくり歩いていると、前方に人影がある。あたかも愛之助の行く手を遮ろうとするかのように立っている。

愛之助は足を止め、

「おれに用でもあるのかね？」

と声をかける。

「拙者、渋沢荘一郎と申す」

「知らんな。人違いではないのか」

「あの夜、命懸けで戦うべきだったと悔いている。自分の心に迷いがあったために、掃部介さまが恥辱を受けることになってしまった」

「ああ……」

雨海藩の留守居役と一緒にいた若い侍か、なるほど、検校を襲ったのは、こいつだな、と愛之助は察する。目を凝らして見ると、荘一郎は額に白い鉢巻きを巻き、襷掛けで股立ちを取っている。この場で愛之助を討ち取ろうという算段なのであろう。覚悟を決めて待ち伏せしていたのに違いない。

「妓楼で騒ぎを起こしたのは、そっちだぜ。野暮なことをするから、しっぺ返しを食ったのさ。逆恨みなんて、お門違いもいいところだ」

愛之助は無刀である。持っているのは手拭いだけだ。さして惜しい命だとも思っていないが、こんな馬鹿馬鹿しいことで、ろくに知りもしない相手に斬られるのは嫌だなと思う。何とか時間を稼ぎ、相手の気を逸らさなければならないと思案する。

「掃部介さまは役を解かれ、すでに江戸を発《た》った。帰藩すれば、お腹を召すことになるであろう。武士たる者が浪人風情に髷を切り落とされれば、そういうことになる。本当ならば、わたしも掃部介さまと共に帰らなければならないが、そうはしなかった。死ぬのが怖いわけではない。武士の意地があるからだ。わたしが命懸けで守らなければならぬ御方が辱めを受け、しかも、掃部介さまを辱めた張本人がのうのうと生きていることが許せないからだ」

「江戸で武士が斬り合いなんかすると、それこそ藩がご公儀からお咎《とが》めを受けることになるんじゃないのかね？　藩主にも迷惑がかかるぜ」

「わたしは、すでに雨海藩の人間ではない。脱藩した。今は、ただの浪人に過ぎぬ」

「脱藩したのなら、もう忠義立てすることもなかろうぜ。好きなように生きればいい」

「おまえを斬る。そして、この場で腹を切って果てる。それが武士の一分《いちぶん》というものだ」

「けっ」

　愛之助が舌打ちする。

「馬鹿馬鹿しい。何が武士の一分だ。そんなもののために、なぜ、命を捨てる必要がある？」

「金で検校などに雇われる浪人にはわかるまい」

　いざ、勝負、と荘一郎は刀を抜くや、八相に構え、左足を前に出して、つつつっと間合いを詰めてくる。

（大した腕ではない）

　と、愛之助は見抜くが、それでも素手では戦いようがない。このままでは、据え物のように斬られるだけであろう。

「いざ、いざ、いざ」

気合いを発し、荘一郎が迫る。

（ふざけるな。こっちは丸腰なんだぜ）

くるりと背を向けると、愛之助が逃げる。

「あ、待て。卑怯者。勝負しろ」

荘一郎が追ってくる。

愛之助とて、このまま逃げ切れるとは思っていない。自分は着流しに雪駄《せった》履きというのんきな姿なのに、荘一郎は万全の支度を調えている。もしかすると、鎖帷子《くさりかたびら》くらいは着込んでいるのではないか、とすら思える。そんな相手と素手でまともに戦うことなどできないから、少しばかり工夫したのだ。

と、突然、愛之助が足を止めて荘一郎に向き直る。

今度は荘一郎に向かって走り出す。

「え」

逃げていた愛之助が、いきなり向きを変えて自分に突進して来たのだから、荘一郎が戸惑うのも無理はない。

愛之助の狙いは、一度、荘一郎の気合いを外し、間合いを崩すことだ。相手にとって都合のいい間合いを取らせては手も足も出ない。意表をつくやり方をしなければ、この窮地を脱することはできないと咄嗟に判断した。

愛之助が地面に転がる。ごろごろと荘一郎の足許に転がっていく。

「……」

荘一郎が改めて刀を構え直す。愛之助が何かに躓《つまず》いて転んだと思ったのだ。立ち上がったところを斬ろうとする。

しかし、そうではない。躓いたのではなく、わざと身を投げ出した。顔を上げたとき、愛之助は土塊《つちくれ》を握っている。立ち上がりざま、それを荘一郎の顔に向かって投げつける。

「おのれ、卑怯だぞ」

それでなくても暗いのに、土塊で目潰しされたのでは、荘一郎は何も見えなくなってしまう。慌てて袖で顔を拭おうとする。

愛之助は跳び上がって荘一郎の懐に飛び込むと、手拭いを荘一郎の横っ面に叩きつける。水気を含んだ手拭いだから、意外に威力がある。

あっ、と荘一郎がよろめく。

愛之助は荘一郎の腰から脇差しを抜く。

荘一郎が一歩後退り、刀を振りかぶって踏み込んでくる。刀が振り下ろされるのと、愛之助が下段から脇差しを擦り上げるのが、ほとんど同時だった。

血飛沫《ちしぶき》が飛ぶ。

周囲に濃厚な血の匂いが漂う。

愛之助の顔は真っ赤だ。自分の血ではない。返り血を浴びたのだ。

上段から斬ったのでは、鎖帷子を着込んでいたとき、脇差しを跳ね返されるかもしれないと考え、下段から擦り上げたのだが、どうやら、鎖帷子は着込んでいなかったようである。愛之助の擦り上げた脇差しは、荘一郎の右の脇腹から入り、胸骨に沿うように腹部を右から左に切り裂いた。

愛之助の太刀筋が荘一郎の太刀筋よりもわずかに速かったため、脇差しが食い込んだ衝撃で荘一郎の刀は狙いが逸れた。おかげで愛之助は無傷である。

荘一郎がばったりと地面に倒れる。

それを見て、町の者たちがぞろぞろと寄ってくる。

騒ぎが起こったことには気付いていたが、斬り合いの関わり合いになることを怖れて、遠くから様子を見ていたのである。

「先生、お怪我はありませんか？」

顔見知りの棒手振が声をかける。

「ああ、おれは大丈夫だ。すまないが、自身番から人を呼んできてもらえないか」

「すぐに来ますよ」

とっくに誰かが知らせたらしい。

町役人たちがやって来ると、愛之助は事情を説明する。周りにいた者たちが、その侍がいきなり先生に斬りかかったんだ、先生は何も悪くないよ、丸腰だったんだから自分の身を守っただけだよ、と口々に味方してくれるので、話は早い。

町役人や町年寄は愛之助の身分を知っているから、しつこく詮議されることもなく、すぐに解放された。

七

手拭いで顔についた血を拭きながら、愛之助が現場から離れる。井筒屋に帰るのだ。もう一度、湯屋に行って、血と汗を洗い流したいところだが、湯屋の客から好奇の目を向けられるのが鬱陶しい。井筒屋でもあれこれ詮索されるだろうが、宗右衛門やお藤、お美代のしつこさには慣れているから、何とか我慢できるだろうと考える。

「先生」

「ん？」

一瞬、どこから声をかけられたのかわからない。

足を止めて周囲を見回すと、格子戸の中から小唄師匠のお耀が愛之助を見つめている。

「ああ、お耀さんか」

「人が騒ぐ声がしたので出てきたら、斬り合いがあったと聞いて、びっくりしました。先生だったんですか？」

不意に、あっ、と声を出すと、お耀が格子戸の外に出てくる。

「斬られたんですか？」

着流しの袖のあたりが破れている。お耀がそっと手を触れて身震いする。

「それに血の匂いがします」

「……」

愛之助がじっとお耀の目を見つめる。

お耀の息遣いが荒くなってくる。

愛之助が手を伸ばしてお耀の手を取ると、お耀が強く握り返してくる。その手が熱い。体が火照《ほて》っているらしい。

「今夜は、たまたま一人なんですよ。小女に暇をやって亀戸《かめいど》の実家に帰したので」

かすれるような声で言う。

「来い」

愛之助はお耀の手をつかんだまま、家に入る。

この家に入るのは初めてではない。

お耀がこの家に住み始めた頃、何度か来たことがある。もちろん、寝たのだ。

そのうちに、吉左衛門が足繁《あししげ》く出入りするようになり、どうやら、お耀の面倒を見ているらしいと耳にしたので、足が遠ざかった。

愛之助のそばには常に女の影があるが、自分から誘うのではない。女の方から勝手に寄ってくるのだ。

お耀が誘えば話も違っただろうが、そういうこともなかったので、二人が寝ることもなくなった。

今夜は違う。

愛之助がお耀を欲した。渋沢荘一郎を斬ったことで、愛之助の血がたぎっている。そのたぎりを鎮めるには女体を必要とする。

三間しかない小さな家である。

ひとつは、小女の部屋で、今夜は留守だ。

もうひとつは、茶の間で、ここで小唄や三味線も教える。

三つ目の部屋が茶の間の奥にある寝所である。

愛之助が襖《ふすま》を開けると、すでに床が延べてある。今夜は一人だというから、早めに寝る用意をしていたのであろう。

手を離すと、お耀はよろめきながら、よろよろと倒れ、両手を布団につく。肩越しに愛之助を振り返る目付きに匂うような色気がある。

愛之助は布団に膝をつくと、両手でお耀の腰をつかんで引き寄せる。裾をめくり上げると、染みひとつない白い尻がむき出しになる。

愛之助が下帯を外す。

その途端、猪母真羅が現れる。水から上がった亀が日の光を求めて空を見上げるように、猪母真羅が雄々しくそそり立っている。

「お耀」

声をかけると、愛之助は猪母真羅を女陰にあてる。

ぬるっ、と猪母真羅が女陰に吸い込まれる。

お耀は両手で布団をつかみ、表情を歪ませながら、激しく喘ぐ。

腰を動かしながら、愛之助はお耀の帯を解《ほど》き、着ているものを脱がせて丸裸にしてしまう。ほっそりした腰に手を回し、お耀を自分の方に引き寄せる。

痩せているのにお耀の乳房は豊かで、そのふたつの乳房が大きく揺れている。

ひ〜っ、とお耀が泣くような声を出し、いきます、わたし、いってしまいます、と激しく悶える。

「おれもいくぜ」

「いって下さい。一緒にいって下さい」

「うっ」

どっくん、どっくん、と猪母真羅から精が迸《ほとばし》る。

その瞬間、お耀もいった。

八

「すまなかったな」

「え、何がですか?」

お耀が顎を上げて、不思議そうな顔で愛之助を見る。

二人は裸で横になっており、愛之助がお耀に腕枕をしている。

「乱暴なやり方をしちまったからさ。おれとしたことが、つい熱くなっちまった」

「熱くなってくれたなんて、嬉しいですよ。先生でもそんなことがあるんですね」

「命のやり取りをした後だからな。斬り合いをすると、自分が生きているってことがわかる。普段、そんなことを考えないだろう?」

「そうですね」

「斬り合いに負けると死ぬわけだ。死ぬかもしれないってときに、初めて自分が生きてるってことがわかる。おかしなもんだな」

「難しすぎて、わたしにはわかりませんよ」

「生きるってことは……」

愛之助はお耀の頭の下から腕を抜き、体を下にずらしながら、お耀の首筋から乳房へと舌を這わせていく。

「つまりは、これを味わうのが生きるってことなのかもしれないな。この味と匂い……。どの女も似たようなものだが、それでも、人によって味わいが違う。色も形も違う。それに感じ方も違うようだな」

舌で執拗に愛撫を続けると、

「あ……また感じてくる」

お耀が悶え始める。

「感じればいい。あんなじいさんのおもちゃにしておくのは惜しい体だ」

愛之助がお耀の体にのしかかる。

九

二日後、愛之助は番町の実家にいる。

「今回は随分と派手なことをしたもんじゃねえか。いやあ、愉快、愉快」

玉堂が面白そうに笑う。

「何が愉快なんですか。逆恨みされて、危うく命まで落とすところだったんです。冗談じゃない」

　愛之助が顔を顰める。

「自業自得ってもんよ。いかに東北の小藩とはいえ、江戸留守居役の髷を切り落とせば、大きな恨みを買うに決まってるだろうが。その留守居役だけじゃねえ、藩までが笑いものになるんだからな」

　玉堂は耳が早い。芹沢との悶着だけでなく、検校と愛之助が襲われたことまで知っているらしい。

「雅之進が怒るだろうなあ」

　いかに相手が先に手を出し、自分が丸腰だったとはいえ、結果として斬り合いを演じ、相手を殺してしまったのだから、普通であれば、愛之助にも何らかのお咎めがあるはずである。

　しかし、そうなれば、実兄である雅之進にも累が及びかねない。そんなことにならないように雅之進が何らかの手を打つであろうが、もちろん、喜んでやるわけではない。愛之助に怒りの矛先が向けられるはずである。

「本当に困った奴だよ。なあ？」

　玉堂が吉久美に顔を向ける。

「……」

吉久美は口許に戸惑ったような笑みを浮かべる。

（やはり、何かあるらしい）

吉久美の冴えない顔を見て、愛之助が察する。

愛之助には雨海藩のことなど、どうでもいい。

心配なのは吉久美のことである。

先達て、この屋敷を訪ねたとき、吉久美の表情が曇っていることに気が付いた。今日も暗い顔をしている。なぜ、玉堂が気が付かないのか、愛之助は不思議である。

四半刻（三十分）ほど玉堂の無駄話に付き合って、愛之助は腰を上げる。

いつものように山尾が見送りについてくる。

長い廊下を渡りながら、

「どうだ、何かわかったか？」

愛之助が訊く。

「しのぶが申しますには……」

吉久美の世話をする十九歳の下女で、吉久美が外出するときには常に同行する。

「先月、ご実家に帰ったとき、神田明神にお参りしたそうなのですが、そこで誰かに会ったようなのです」

「誰かとは？」

愛之助が足を止めて、山尾を見る。

「お武家さまのようです」

「ふうむ、男か……」

「つい何日か前にも、しのぶを連れてお出かけになりましたが、そのときも会ったようです。一人になりたいからと、半刻（一時間）ほど、しのぶを買い物に行かせたらしいのですが、決して奥さまから目を離してはならないと命じておいたので、こっそり後をつけたところ……」

「その男に会っていたというのだな？」

「はい」

「知っている男か？」

「しのぶは知らないようですが、あの子は奉公に上がって、まだ二年ですから」

「気になるな」

「はい」

「また何かわかったら教えてくれ」

「承知しました」

と、うなずくと、何かを期待するように山尾が愛之助を見つめる。

（抱いてやるか）

愛之助が山尾に手を伸ばそうとしたとき、

「お帰りでございますか？」

庭から亀五郎が声をかける。

「ああ、帰る」

「お気を付けて」

亀五郎が丁寧に腰を屈める。

「うむ」

愛之助が廊下を渡っていく。

その後ろを、山尾が不機嫌そうな顔でついていく。

十

番町の屋敷を出て、真っ直ぐ井筒屋には帰らず、途中で湯屋に寄って汗を流した。

湯屋を出ると雨が降っている。

小雨《こさめ》である。傘がいるほどではない。かえって気持ちいいくらいだ。

背後に人の気配を感じる。

肩越しに振り返ると、帰蝶である。

「またか」

「申し訳ございません」

「今夜か？」

「いいえ、できれば、このまま一緒に」

「これからだと？」

「夜はあまり外に出ない相手なのです。雨が降ってくれて、ちょうどよかったかもしれません。人通りが絶えましょうから」

「……」

愛之助が不愉快そうに顔を顰める。

しかし、否応はない。どれほど不愉快だとしても、相手の言いなりになるしかないのだ。

帰蝶は御徒町から下谷の方に歩いて行く。

その後ろを、愛之助がついていく。

あたりは武家地である。旗本屋敷や御家人の長屋が並んでいる。町人の住む町と違って、物売りも少ないし、雨模様だから、ほとんど人通りがない。

まだ日が暮れるには間があるが、かなり薄暗いのは空が厚い雲に覆われているからだ。

「ここでお待ち下さいませ」

木立の陰を、帰蝶が指し示す。

「もうすぐ、やって来るはずです」

「……」

愛之助が腕組みし、両手を腋《わき》の下に挟んで、しゃがみ込む。手を濡らさないためだ。刀を握ったとき、手が滑らないようにしたいのである。

四半刻(三十分)ほどして……。

「来ました」

帰蝶が声を潜める。

(え)

愛之助が両目を大きく見開く。

二人連れである。

一人は三十過ぎくらいの武士だ。貧しげな身なりである。無精髭《ぶしょうひげ》を生やし、遠目にも月代《さかやき》に毛が伸びているのがわかる。きちんと手入れする余裕もないのであろう。どことなく鯖之介と似た雰囲気があるから、小普請の御家人かもしれない、と愛之助は思う。

もう一人は子供である。七つか八つに見えるが、小柄だからそう見えるだけで、実際は十歳くらいかもしれない。風呂敷包みを小脇に抱えている。学塾の帰りのようだ。

男が傘を差し、子供は寄り添うように歩きながら、顔を上げて何やら話している。いかにも楽しそうな様子である。恐らく、親子なのだろう。

「何かの間違いではないのか？」

「いいえ、あの男です」

「子供の前で父親を斬れというのか？」

「二人とも斬っていただきます」

「何だと？」

　愛之助の顔色が変わる。

「生き証人を残してはならぬ、というご命令なのです」

「……」

　二人が話している間に、親子連れは愛之助が身を潜めている場所に近付いてくる。傘を差しているし、談笑しているから、愛之助や帰蝶の存在にはまったく気が付いていないようだ。

　親子連れが目の前を通り過ぎる。

　斬るのなら、今であろう。

　木立の陰から飛び出し、相手の不意を衝けば、一瞬で二人は死体になる。

　しかし、愛之助は、しゃがんだまま動かない。

　やがて、親子連れは通りの向こうで、塗《ぬ》り塀《べい》を曲がってしまう。

「しくじりましたね」

帰蝶が冷たい声で言う。

「冗談じゃない。子供なんか斬れるかよ」

「命令ですよ」

「おまえなら、どうだ？　相手が子供でも殺すことができるのか」

「それが命令であれば、従うだけのことです」

「ふんっ、おれとおまえは違う」

腰を上げると、愛之助は親子連れが歩き去ったのとは反対方向に歩き出す。


井筒屋に帰る。

いつものように、お藤とお美代がつきまとおうとするが、

「よせ、考えたいことがある」

「……」

愛之助のただならぬ顔つきを見て、二人ともおとなしく離れから出て行く。

一人きりになると、立て膝の格好で酒を飲み始める。

（おれは何のために生きているのだ？）

幼い頃から学問や剣術修行に励み、学問こそモノにならなかったが、剣術はかなりの腕

前になった。

だから、どうということもない。

所詮、旗本の次男など部屋住みの厄介者に過ぎない。妻を持つこともできず、武士として奉公することもできない。後継ぎのいない家に養子にいかない限り、一生、麗門家で飼い殺しにされる運命なのだ。

もちろん、そんな武士は、いくらでもいる。旗本にしろ御家人にしろ、数が多くなりすぎて、そのすべてを養う余裕は幕府にもないのだ。

現に鯖之介もひどい暮らしをしている。

愛之助の鬱屈《うっくつ》の原因は、それではない。

今の暮らしに完全に満足しているわけではないが、それなりに楽しんでもいる。

そうではなく、自分が誰かの操り人形になって、命じられるままに見ず知らずの人間たちの命を奪うことに嫌気が差し、気が滅入っているのだ。

もちろん、そうしなければならない理由があるから、そうしてきた。好きこのんでやっているわけではない。初めの頃は、迷いながらも、それが抗《あらが》いようのない己の宿命なのだと受け入れようとした。

しかし、人を斬る数が増えていくにつれ、苛立ちが募り、抱え込んだ怒りは大きくなり、心に澱《よど》む鬱屈に押し潰されそうになってきた。

今日、親子を斬れと命じられて、何かが変わった。

いや、変わったのではなく、終わったというべきかもしれない。

(こんな苦しい思いをするくらいなら、何も無理をして生き長らえることはない。おれが死ねばいいだけのことではないか)

誰かの命を奪うことで苦しむのなら、自分の命を捨ててしまえばいい……そう考えると、すっと気持ちが楽になった。

珍しく泥酔し、愛之助はひっくり返って寝てしまった。

十一

愛之助が目を開けると、すぐ目の前にお美代の顔がある。

「何をしている?」

「それは、こっちが訊きたいわ。どうしたの、こんなに酔っ払って。ものすごくお酒臭いわよ」

「ああ……」

朝日が眩《まぶ》しい。手で顔を覆いながら、愛之助が体を起こす。お美代の言う通り、かなり酒臭い。寝汗と混じって嫌な臭いが漂っている。自分でもわかる。

いつもなら、いきなり抱きついてくるお美代がそうしないのは、この不愉快な体臭のせいであろう。

「体を拭いてあげましょうか？　それとも、水を浴びる方がいい？」

「いや、湯屋に行ってこよう。汗をかけば、酒臭さも抜けるだろう」

立ち上がって大きく伸びをすると、愛之助は出かける支度をする。

着流しで、肩に手拭いをかけた格好で、愛之助が往来を歩いて行く。脇差しも差していない。

湯屋でたっぷり汗を流し、体から酒気を抜いたせいか、さっぱりした顔をしている。機嫌もよさそうだ。

鼻歌交じりに歩いていると、

「朝から湯屋なんて気持ちよさそうですね」

背後から声をかけられる。

「……」

途端に愛之助は不機嫌そうな顔になる。

声を聞いただけで、それが誰なのかわかるのだ。

帰蝶である。

「何の用だ?」

「一緒に来ていただきたいのです」

「まさか、こんな早い時間から……」

朝っぱらから人を斬れ、と命じられるのではないかと愛之助は警戒する。

「そうではありません」

「じゃあ……」

「とにかく、お願いします」

「嫌だと言ったら?」

「これも、ご命令ですよ」

「逆らいようがないということか」

溜息をつくと、愛之助は、行こう、とうなずく。

十二

帰蝶が愛之助を連れて行ったのは、日本橋の南・富島町《とみしまちょう》である。焼け落ちた家屋の前に人だかりができている。昨夜、金松屋《かなまつ》という呉服問屋に盗賊が押し込み、火を放って逃げたのだという。切り火がうまくいき、小雨模様だったことも幸いして延焼を防ぐことができたらしく、周囲の家々は焼けていない。

「また煬帝の仕業だってさ」

「うちの近くにも貼り紙があった」

「あの『世直し煬帝参上』って貼り紙だろう。おれも見たぜ」

「世直しという割には、むごいやり方だな。一家皆殺しだってよ」

「奉公人もほとんど殺されたらしい。小僧が一人か二人逃げただけだって」

「人を殺して、何の世直しなのかねえ」

野次馬が声高に噂話をしている。

彼らから離れながら、

「なぜ、ここに連れてきた？」

愛之助が帰蝶に訊く。

「昨日、あの男を斬っていれば、この押し込みはなかったからです」

「何だと？」

愛之助の顔色が変わる。

「どういう意味だ？」

「存じません。ここにお連れせよ、と命じられただけですから」

一礼して、帰蝶が歩き去る。

「……」

愛之助は呆然としている。

十三

井筒屋に帰ると、松蔵が待っている。

雅之進からの呼び出しだという。

(こんなときに兄上に会うのは嫌だな)

自分のせいで金松屋に煬帝一味が押し込んだと帰蝶に言われてから気持ちが沈んでいるのだ。雅之進に会えば、更に気持ちが落ち込むとわかるのである。

しかし、否応はない。兄に逆らうことのできる立場ではないのだ。

手早く着替えると、

「行こう」

愛之助が北町奉行所に向かう。

「おまえは、おれを愚弄《ぐろう》しているのか?」

雅之進が怒りで顔を赤くして、愛之助を睨む。

「とんでもない。なぜ、そんなことをおっしゃるのですか？」

　雅之進が何を言いたいか、もちろん、愛之助にはよくわかっている。とぼけた。

「伊勢町で派手な立ち回りを演じ、相手を斬り殺しただろうが」

「ああ……」

「違うとでも言うのか？」

「そうではありませんが、あれは向こうが襲ってきたのです。わたしは湯屋の帰りで、刀も差していませんでした」

「脇差しで斬ったそうではないか」

「丸腰だったから、相手の脇差しを奪って斬ったのです。あの男は御子神検校も襲って怪我をさせたのです」

「つまり、あの仲町での一件が尾を引いているわけだろう。自業自得ではないか。おまえ自身が災いを招いているのだ」

「そんなつもりはないのですが……」

「口先でごまかそうとするな。おまえの振る舞いがよくない。たとえ部屋住みに過ぎないとしても、麗門家の人間なのだ。わしの弟なのだ。おまえがおかしなことをすれば、累はわしにも及ぶ。家名に傷がつく。違うか？」

「おっしゃる通りです」

口ではかなわないし、弁解すればするほど雅之進を怒らせることになるとわかっているから、愛之助は神妙に頭を下げる。

「馬鹿者めが……」

それから四半刻（三十分）ほど、雅之進はくどくどと小言を並べ続ける。

ようやく愛之助が小言から解放されたのは、雅之進が公務で呼び出されたからである。そうでなければ、いつまで小言が続いたかわからない。

愛之助の前から立ち去るとき、ふと思い出したように、

「先達て、婿養子の話をしたな？」

「はい」

「唐沢潤一郎に勧めようと思うが構うまいな？」

「ああ、潤一郎にですか」

「おまえから話を聞いたということだったが」

「その通りです。ぜひ、お願いします」

「おまえがいいと言うのなら構うまい。唐沢家も名家だし、家格の釣り合いは取れている」

「何かの役にも就けてやって下さいませんか」

「縁談がまとまれば、そうするつもりだ。ふんっ、友を思い遣るのもいいが、少しは自分

のことも考えろ。これからは身を慎むのだぞ」

そう言い置いて、雅之進は出て行った。

ようやく愛之助も解放された。

(兄上に会うと疲れる)

ほっと溜息をつきながら、愛之助が北町奉行所を出る。

さりげなく松蔵がすり寄ってくる。

「いたのか」

「へえ」

「どうした？」

「雨海藩ですが……」

「うむ」

「どうも、あの男を斬っただけでは済みそうにありません」

「と言うと？」

「江戸の藩邸にいる連中は怒り狂っているようですが、先生のご身分に遠慮して手出しできないようです」

「おれの身分というより、兄上に遠慮しているのであろうよ」

「そうかもしれません。とにかく、江戸にいる者は、もう手出ししてこないと思います」

「そうしてもらえると、こっちもありがたいな」

「ただ、国元の方が、これで収まるかどうかわからないようでして……」

「どういう意味だ？」

「東北の小さな藩ですが、鎌倉以来という名家ですし、武勇で知られた藩ですから、何かしらの手を打ってくるかもしれません。藩の面子《メンツ》が潰されたと思っているようですから」

「面倒臭えなあ」

ふーっと愛之助が溜息をつく。

「どうですか、湯に入っていきませんか。さっぱりしますよ。先生の顔を見れば、お清も喜びます」

「今日は遠慮しておこう。真っ直ぐ、帰る」

十四

ぶらぶら歩いていると、

「愛之助」

と背後から呼びかけられる。

振り返ると、唐沢潤一郎である。

「おお、潤一郎か。こんなところで何をしている？」

「おまえを訪ねるつもりだった」

「おれを？」

「お奉行から、おまえが伊勢町の酒屋の離れで暮らしていると聞いたのでな。お礼を言いたいと思って」

「婿養子の件か。聞いたよ。うまくいくといいな」

「どうなるかまだわからないが、とりあえず、話を進めてもらえそうだ。この通りだ」

潤一郎が礼儀正しく頭を下げる。

「おい、よせよ」

愛之助が照れ臭そうに笑う。

「うまくいけば、何かの役に就けるかもしれない。おまえのおかげだ」

「じゃあ、うちで前祝いといくか？　酒屋だから、うまい酒があるぞ」

「そうしたいところだが、よかったら、うちに来ないか？」

「おまえのところに？」

「父と母も喜んでいてな。おまえに礼を言いたいというのだ。兄は去年から駿河《するが》に出向しているが、話を聞けば、きっと喜んでくれるはずだ」

「おれは何もしてないよ」

「そんなことはない。父も母も久し振りにおまえに会いたいと言っている。佳穂《かほ》もな」

「ん？　佳穂殿が」

「すっかり行き遅れてしまって、二十歳にもなって、まだうちにいるのだ。おれという厄介がいる上に、佳穂まで厄介になりつつあるから、父も母も困っているよ」

「懐かしいな。よし、お邪魔することにしよう」

愛之助がうなずく。

番町にある唐沢家の屋敷に着くと、中庭の方から威勢のいいかけ声が聞こえてくる。

「あれは……」

「佳穂だよ。また稽古をしているんだろう。暇さえあれば剣術稽古さ。あいつは女に生まれたのが間違いだな。男に生まれていれば、稽古熱心なのをみんなが誉めてくれるだろうが、女だからなあ」

「ちょっと見学してもいいかな？」

「おまえに会えば、佳穂も喜ぶだろう」

二人が中庭の方に歩いて行く。

えいっ、えいっ、という小気味のいい声が聞こえる。

鉢巻きをし、白い袷《あわせ》に紺色の袴《はかま》という姿の小柄な女性が、木刀を上段に構えている。えいっ、と声を発すると木刀を振り下ろしながら一歩前に踏み出し、素早く後ろに戻ると、また、えいっ、と声を発して踏み出す。その繰り返しである。単純な動作だが、これが剣術稽古の基本である。それに木刀を振り続けるというのは、なかなか大変で、四半刻（三十分）も続けると、腕の筋肉が強張《こわば》ってくる。

その女性の顔は紅潮し、汗の粒がいくつも浮かんでいるから、かなり長い時間続けているのに違いなかった。

「佳穂」

潤一郎が声をかける。

よほど熱心に取り組んで気持ちが集中しているのか、潤一郎の声に佳穂は気が付かない。もう一度、さっきより大きな声で呼ぶと、ようやく佳穂が顔を向ける。

「あら、お兄さま。お帰りなさいませ……」

潤一郎に挨拶して、その背後に立っている愛之助に目を向け、怪訝な顔になる。誰だかわからないのであろう。

「愛之助だよ。まさか忘れたわけではあるまいな」

「あ、愛之助さまでしたか。申し訳ございません。久しくお目にかかっておりませんでしたので」

愛之助に体を向け、腰を屈めて深々と頭を下げる。

「こちらこそ、ご無沙汰《ぶさた》しておりました」

愛之助も頭を下げる。

「せっかくだ。愛之助に一手教えてもらえばよかろう」

潤一郎が笑いながら言う。冗談のつもりなのであろう。

しかし、佳穂は冗談とは取らなかった。

「ぜひ、お願いいたします」

「いやいや」

「そう言わずに、ぜひ」

「面倒だろうが相手をしてやってくれないか。決して弱くはない。おれが三度立ち合うと、一度は負ける。ときに二度負けることもある」

「ほう、それほどの腕か」

愛之助が興味を示す。

「ぜひ、ご教授下さいませ」

「あまり勝てそうな気もしないが」

潤一郎の差し出した木刀を愛之助が受け取る。

「よろしくお願いします」

佳穂が丁寧に一礼する。

「こちらこそ」

　愛之助が木刀を構える。

　その瞬間、

（ほう、よほど鍛錬《たんれん》しているようだ。甘く見ていると、こっちがやられそうだ）

　愛之助は佳穂の腕がかなりのものだと察する。

　気を引き締め、真剣な眼差しで佳穂を見つめる。

（随分会わなかったが、いい女になったな。よく引き締まったいい体をしている……）

　そんなことを考えて、どこかに隙ができたのか、佳穂が奇声を発しながら激しく打ち込んでくる。

　その剣先を払うと、愛之助は木刀を上段に構えて目を瞑る。必殺の浮遊剣《ふゆうけん》である。

　しばらくすると、佳穂が、

「参りました」

　と木刀を地面に置く。

「おいおい、どうしたんだよ。それで終わりか？」

　潤一郎が驚く。

「どこにも打ち込む隙がございません。打ち込めば、わたしが負けます」

「……」

愛之助が目を開ける。

「見事な腕前ですな」

「畏れ入ります。愛之助さまもすごいです。昨今、これほどの達人と立ち合ったことがございませぬ」

「潤一郎がいるではありませんか」

「兄は猟官運動ばかりに熱心で、剣術の稽古などいたしませぬ。昔は強かったかもしれませんが、今はどうなのでしょう」

ちらりと佳穂が横目で潤一郎を見遣る。皮肉めいた眼差しである。

「ふんっ、おれの気持ちなど、女のおまえにはわからんのだ。愛之助、行こう。おかしなことを頼んで済まなかった」

「いや」

愛之助が木刀を地面に置いて、佳穂に一礼する。

「愛之助さま、今でも陵陽館で稽古しておられるのですか?」

「ええ」

「一度、出稽古に伺ってもよろしいでしょうか?」

「どうぞ」

むさ苦しいところですが、と付け加える。

十五

翌日、昼過ぎに亀五郎が井筒屋を訪ねてきた。麗門家の下男である。

「どうした、何かあったのか？」

亀五郎がやって来ることなど滅多にないので、愛之助も驚く。

「へえ、山尾さまからのお使いでして」

「山尾から？」

「明日の朝、神田明神《かんだみょうじん》」

「それだけか？」

「はい。そう言えば、わかるから、と」

「ふうむ、なるほど……」

明日の朝、吉久美がしのぶを連れて神田明神に出かけるという意味だな、と愛之助には察せられる。

懐を探り、亀五郎に手間賃を渡そうとする。生憎《あいにく》、金の小粒はなく、あるのは銀の小粒だけだ。

（情けない……）

と思いつつ、ほらよ、取っておけ、と銀の小粒をふたつ亀五郎に渡す。

「ありがとうございます」

亀五郎は深々と頭を下げ、嬉しそうに帰って行く。

「困ったな」

懐が淋しいのである。

最近、検校から用心棒の依頼がないせいだ。

こんなことなら鯖之介に仕事を譲ったりせず、おとなしく検校の屋敷に泊まり込んで、たとえ一日に二分でももらっておけばよかったかな、と後悔したくもなる。そんなことを考える自分がみみっちく思えて嫌になる。

「先生」

廊下から声がする。お藤である。

お盆に酒と肴《さかな》を載せ、念入りに化粧までして、しずしずと部屋に入ってくる。

「おひとつ、いかが？」

お藤が徳利を手にして、にじり寄ってくる。全身から匂うような色気を漂わせている。

愛之助がそうしろと言えば、すぐさま裸になって大の字になりそうだ。

が、愛之助に、その気はない。猪母真羅も無反応である。酒は飲みたいが、お藤のそばにはいたくない。

「用を思い出した」

立ち上がると、刀に手を伸ばす。鯖之介の様子を見に行こうと思いついた。お藤が何か言うが、そのときには、愛之助はすでに廊下に飛び出している。

十六

足早に井筒屋から離れると、

「先生じゃないですか」

と声をかけられる。

振り返ると、越前屋吉左衛門である。

「湯屋ですか？」

そう愛之助が訊いたのは、吉左衛門の湯屋好きを知っていたからだ。

「いいえ、あの……」

吉左衛門が口籠《くちご》もる。

「ああ、小唄の手習いですか」

「そんなところです」

恥ずかしそうに額を撫でながら、それではまた、と吉左衛門が会釈して去って行く。

（お耀か……）

歩きながら、愛之助はお耀の姿を思い浮かべる。

あの夜以来、お耀には会っていない。

会いたいと思わないでもないが、お耀が吉左衛門に囲われているのは知っているし、吉左衛門の目を盗んで、泥棒猫のようにこそこそ忍んでいく気はしない。

自分が十万人に一人という猪母真羅の持ち主だと山尾に教えられた日から、愛之助の世界は変わった。女の方から愛之助に群がるようになったので、自分から女を追い求める必要がなくなった。いかにお耀が素晴らしい体をしているとしても、やはり、自分から誘おうとは思わないのである。

（嫌な男だなあ）

われながら、そう思わないでもない。

十七

検校の屋敷。

愛之助と検校は座敷で二人だけで対面する。

松蔵から聞いた話を検校に伝えると、

「ふむふむ、そうらしいのう」

さしたる驚きもなく、検校がうなずく。

どうやら、すでに知っていたようである。独自に雨海藩の動きを探っていたのかもしれない。

(自分の命は大事ということか)

外出も控え目にしているらしく、どうしても自分でなければ埒《らち》が明かないような取り立てには出かけるものの、遊びに出かけることはないという。

「天河は役に立っておりましょうか?」

愛之助は鯖之介のことを訊く。

「あの男か……」

検校が顔を顰める。

「どれほどの腕かはわからぬ。今のところ危ない目にも遭っていないからのう。だが、品がないな。下品だし、卑しい……」

大飯を食らい、大酒を飲む、香澄にも色目を使う、いや、香澄だけではない、下働きの女たちにまで色目を使う、まるで女であれば誰でも構わないようだ、と検校が舌打ちする。

「あれで本当に腕が立つのか?」

「剣の腕は確かです」

「そうだといいが」

検校が顔を顰めながらお茶を飲む。

(ずっと貧乏暮らしだったから、酒や食い物に意地汚いのは仕方がないのだ。根は悪い奴ではない)

心の中で、愛之助は鯖之介を哀れむ。

女に見境がないのも、やはり、貧乏のせいだ。家族を養う甲斐性もないから妻を娶ることもできず、岡場所で遊ぶこともできない。自分の祖母のような年老いた夜鷹を買うのが精一杯なのだ。

「この一件が終わったら、すぐに出て行ってもらう。雨海藩にもうんざりだが、あの男にもうんざりなのでな」

検校が吐き捨てるように言う。

十八

(ここか……)

部屋の中から、いびきが聞こえている。

「おれだ、入るぞ」

声をかけてから、板戸を引く。

湿っぽい小部屋である。空気は澱んで黴臭《かびくさ》く、切り窓はあるものの、日が入らないので薄暗い。元は物置だったのではないか、と愛之助は思う。

「おい、鯖之介、起きろ」

のんきに昼寝なんかしやがって、と腹が立ってくる。この野郎、と脇腹を蹴飛ばす。

「ん？」

ようやく鯖之介が目を開ける。

「ああ、愛之助か……」

「だらしないぞ。いつまで寝ている気だ？」

「ちゃんと朝に起きた。稽古を済ませてから横になったら寝てしまったようだ」

大きな欠伸《あくび》をしながら、体を起こす。

「ここの暮らしは、どうだ？」

「いいな。すごくいい。気に入った」

「そんなに気に入ったか？」

「飯もうまい。酒もうまい。飯をお代わりしても文句を言われることもない。その上、金までもらえる。おまえのおかげだ。感謝している。この通りだ」

鯖之介が頭を下げ、できることなら、ずっとこの屋敷で暮らしたい、とまで言う。

「おいおい、小普請とはいえ、おまえは御家人じゃないか。ずっと検校の用心棒に収まるつもりか？」

「おまえには、わからんのだ。どん底の貧乏を味わったことがないからな。大旗本の次男坊とは違うんだよ」

鯖之介がいじける。

「奉公人たちとは、うまくやっているのか？」

「ああ、もちろんだ」

大きくうなずくと身を乗り出し、検校さまの妾を知っているよな、と香澄のことを話し始める。

「金があるっていうだけで、あんなじじいがあんないい女を囲うことができるんだぞ。世の中、どこか間違っている」

「……」

「あの女、おれに気があるらしい」

「は？」

「誰にも言うなよ。ゆうべ、誘われたんだ」

「寝たのか？」

「秘密だ」

　ふふふっ、と鯖之介が嬉しそうに笑う。

「元気そうで何よりだ。また来る」

「何か用があったのではないのか？」

「おまえの顔を見に寄っただけだ」

　部屋を出て、玄関に向かって廊下を渡っていくと、

「愛さま」

　いきなり香澄に尻をつねられる。

「何をしやがる」

「嘘をつくからです」

「おれは嘘なんかついてない」

「あの人が猪母真羅だなんて、大嘘じゃないですか」

「鯖之介と寝たのか？」

「寝ませんよ。逃げましたから」

「逃げた？」

「だって……」

　香澄がふっと溜息をつく。

「あれは小さいし、体から変な臭いがするし、息も臭いし、しかも、乱暴なんですよ。ま

るで女を知らない青二才みたいでしたよ」

「あいつは初《うぶ》なんだよ。おまえが教えてやればいい」

「ふざけないで下さい」

「痛っ」

また尻をつねられる。さっきよりも強い力でつねられた。

愛之助は慌てて逃げ出す。

十九

検校の屋敷を出た愛之助は、伊勢町とは反対方向の村松町《むらまつちょう》に向かう。村松町には馴染みの口入れ屋がある。懐が淋しくなってきたので、何か仕事を紹介してもらおうという気になった。玉堂に頼めば小遣いをくれるとわかっているが、いい年をして親に小遣いをせびるような真似はしたくなかった。

「ごめんよ」

声をかけて、愛之助が口入れ屋に入る。

「……」

でっぷりと太った、不機嫌そうな顔の中年男が帳場に坐り込んで莨《たばこ》をのんでいる。主の甚兵衛《じんべえ》だ。

「これは先生、お久し振りでございますな」

まったく懐かしそうな顔も見せずに甚兵衛が言う。

「何か仕事はないか？」

「検校さまの仕事は、お払い箱になりましたか？」

「そうではないが、ちょっと込み入った事情があって、あの仕事は休んでいる。と言うか、知り合いに譲った」

「ほう、さようで」

「似たような仕事があるとありがたいのだが」

「そう言われましてもねえ……」

首を捻りながら、甚兵衛が帳面をめくり始める。

「何でもいいとおっしゃるのなら、そりゃあ、いくらでもありますよ」

「例えば、どんな仕事だ？」

「大体が力仕事ですね。道を直すとか、米俵を担ぐとか、大工の手伝いをするとか……」

「おれには無理だな」

愛之助が首を振る。

「楽な仕事で給金がいい……。確か、一日に一両以上は、ほしいとおっしゃってましたよね？」

「そう願えればありがたい」

「いやあ……」

甚兵衛が難しい顔になり、ぴしゃりと帳面を閉じる。

「今日のところはないようです」

二十

とぼとぼと、力のない足取りで、愛之助が伊勢町に向かって歩く。懐が淋しいと元気も出ないし、女もほしいとは思わなくなってしまう。

井筒屋に帰る前に、近所の貸本屋に寄る。何か気を紛らわせてくれるような面白い読み物でもないかと思ったのだ。ツケで借りることができるという安心感もある。

「いいところにいらっしゃいましたな。先生だから申し上げますが、ちょっと他では手に入らない、できのいい艶本《えんぽん》が手に入りましてね。おおっぴらにできるものではありませんから商売には使えませんが、先生になら特別にお貸ししてもいいですよ」

艶本は枕草紙とも呼ばれる。枕絵、すなわち、春画を何枚かまとめたものである。男女の交わりを派手な色合いで露骨に描写したもので、物語風の簡単な文章が記載されているものが多い。

主の六右衛門《ろくえもん》は、とうに六十を過ぎて、孫も何人かいるという隠居の身なのに、いつも喜んで店番をしている。下ネタが好きで、好色話になると、皺《しわ》だらけの顔を歪ませ、歯のない口を大きく開いて愉快そうに笑う。

殊の外、愛之助には愛想がよく、だから、代金もあるとき払いで結構でございます、などと気前のいいことを言う。なぜかといえば、愛之助が猪母真羅の持ち主で、女に不自由のない暮らしをしていると知っているからで、さりげなく愛之助から好色話を聞き出そうとするのだ。

愛之助の方は、じいさん相手に好色話をするほど暇ではないので、いつも適当にあしらっている。

「生憎だが、それは結構だ」

「艶本など読まなくても、もっと楽しい目に遭っているというわけですな」

ひひひっ、と猿のように笑う。

「気楽に笑えるようなものはないか。近頃は、何かとむしゃくしゃすることが多くてな」

「ふうむ、そうですなあ……」

六右衛門は首を捻って考え、赤本を何冊か愛之助の前に並べる。表紙が丹色《にいろ》なので赤本と呼ばれる薄い冊子である。昔話や説話、武勇譚、歌謡など、その内容は様々である。

「滑稽譚《こっけいたん》、言葉遊び、怪談、昔話といったところですか」

あまり熱意もなさそうに勧める。

「そう笑えそうなものでもないな」

赤本を手に取ってめくりながら愛之助が言う。

「艶本の方がよほど面白いと思いますけどねえ」

「自分で楽しめばいいさ」
二、三冊を手に取り、
「これを借りていこう」

と腰を上げる。

二十一

井筒屋に帰る。

幸い、宗右衛門とお藤が揃って出かけている。

番頭の松之輔《まつのすけ》に頼んで、徳利に酒を入れてもらう。

「悪いが代金は……」

「あるときで結構ですよ」

松之輔は、うるさいことを言わない。真面目でおとなしい男である。

「すまん」

徳利と貸本を手に、愛之助が離れに行く。井戸端で足を洗い、手拭いで体の汚れをざっと拭い取ってから板敷きに上がる。さっぱりした気分で坐り込み、まず酒を飲む。

「ああ、うまい。五臓六腑に染み渡る」

立て続けに猪口で三杯飲むと、どれどれ、と貸本を読み始める。しばらくすると、すっかり夢中になり、声を立てて笑ったりする。滑稽譚が意外と面白いのだ。そこに、お美代がやって来る。

「何がそんなにおかしいんですか？」

「面白いものを読んでいるところだ」

愛之助が冊子を放り出す。

「ちょうど二人とも出かけてるのよ」

「そうらしいな」

「抱いてよ」

「駄目だ。おまえに手を出したら、ここを追い出されちまう」

「ばれなければいいじゃない」

「ばれるさ」

「それなら外で会いましょうよ。出合茶屋に連れて行ってよ」

「は？」

思わず愛之助が噴き出す。

「出合茶屋を知っているのか？」

「人に知られたくない男と女がこっそり会う場所よ」

「そんなことを誰に教わった？」

「これに書いてあった」

お美代が懐から薄い冊子を取り出す。

「艶本じゃないか。こんなもの、どうした？」

「おっかさんが持ってるのよ。時々、こっそり眺めてるわ。たくさんあるから、ちょっとくらいなくなっても気が付かないのよ」

「宗右衛門ではなく、お藤が持ってるのか？」

「ええ、そうよ。艶本だけじゃないのよ。張形《はりがた》だって、いくつもあるんだから」

「張形までか？」

男性器を模したもので、木や陶器で作られることが多い。高級品になると鼈甲《べっこう》製のものもあり、湯で柔らかくして、中に綿を詰めて使ったりする。日本最古の張形は飛鳥時代に中国から持ち込まれた青銅製のものだという。

「それは大変だな」

よほど欲求不満なのに違いない、と愛之助は察する。

「ねえ、先生の真羅もこんなに大きいの？」

お美代が愛之助にもたれながら艶本を開く。枕絵では、男性器を実際よりも極端に大きく描くのが普通なのである。

「こんなのが入ったら、わたし、股が裂けちまうかもしれないわ」

「大丈夫だ。今まで股が裂けた女はいないから」

愛之助が笑う。

二十二

翌朝、愛之助は早起きして井筒屋を出た。

番町の屋敷から神田明神まで、吉久美としのぶがどんな道筋を辿るかを想定し、確実に通りそうな場所で待ち伏せしようと考えたのだ。吉久美は几帳面な性格で、どこに行くにしても、通い慣れた決まり切った道しか通らないから、そう難しくないだろうと高を括《くく》る。

三千石の大旗本の奥方ともなれば、普通は、そう簡単に外出などできるものではない。吉久美が割と自由に行動できるのは、雅之進と別居しているおかげである。北町奉行所で一緒に暮らしていたら、こうはいかない。姑《しゅうとめ》がすでに亡くなっているのも大きい。佳乃が健在であれば、吉久美の日常生活は、もっと息苦しく、窮屈なものになり、かなり制限されたものになっているであろう。

玉堂のきさくな人柄のせいでもある。口うるさい舅《しゅうと》なら、吉久美の行動にもっと目を光らせるに違いないが、玉堂自身が遊び好きで、暇があるとふらふらと出かけてしまうから、吉久美の外出にも甘い。

一膳飯屋の親父に銭を握らせ、切り窓の近くに陣取る。さすがに朝っぱらから酒を飲む気にはならないので、白湯《さゆ》を飲む。

半刻（一時間）ほどすると、しのぶと吉久美の姿が目に入る。

（よしよし、来たな）

愛之助が腰を上げる。

吉久美に感づかれては元も子もないので、かなりの距離を取って、二人の後をつける。

神田明神の近くになると、さすがに人通りも多くなるので、二人を見失わないように、いくらか距離を詰める。

境内に入り、拝殿《はいでん》にお参りすると、吉久美がしのぶに何か言いつける。しのぶが何か言うが、吉久美がきつい顔で何か言うと、しのぶは肩を落として離れていく。

愛之助に二人の会話は聞こえないが、話の内容は想像できる。

しばらく一人になりたいから、おまえはどこかで時間を潰してきなさい……そんなことを吉久美に命じられて、しのぶが、それはできません、と抵抗したのに違いない。とは言え、吉久美の命令には逆らえないから、渋々、その場を離れていったのであろう。だが、しばらくすると、しのぶが戻ってきて、吉久美の後をつけようとする。吉久美の行動を監視するように山尾に命じられているからだ。しのぶにとっては、吉久美より山尾の方が恐ろしい存在だということであろう。

愛之助は背後からしのぶに近付くと、

「おれだ」

「え」

「今日は、おれに任せろ。おまえはその辺で時間を潰していればいい」

わかったな、と念押しして、愛之助が吉久美の後をつける。しのぶは、その場に佇《たたず》んで愛之助を見送る。

一人になると、吉久美は拝殿から離れ、あまり人がいない裏手の方に歩いて行く。

横手から男が近付いてくる。侍である。

吉久美に何か話しかけると、いきなり、吉久美の手をつかむ。どこかに連れて行こうというのだ。その大胆さに、愛之助も驚く。吉久美は男の手を払い、何事か言うと、袱紗《ふくさ》袋を男の手に押しつけて足早にその場を去る。

その男は吉久美を追いかけようとはしない。その場に佇んで、袱紗袋の中身を確かめている。当然ながら金であろう。

（あいつ……）

どこかで見たような顔だが、思い出すことができない。

もう吉久美の姿は見えない。

愛之助は、その男をつけることにする。

神田明神を出ると、その男は北に向かって歩いて行く。武家地を抜け、霊雲寺《れいうんじ》の横を通り過ぎる。

そのまま歩いて、とある旗本屋敷の前で足を止めると、警戒するように周囲に視線を走らせる。

門の横にある潜り戸を叩くと、中から戸が押し開けられる。その男が中に入っていく。

その屋敷に足を踏み入れたことはないが、そこで何が行われているのかは知っている。

賭場である。

徳川時代、博奕《ばくち》は厳しく禁じられている。町方に捕縛されれば厳罰に処せられる。

それで町方が手出しできない旗本屋敷で賭場が開かれることが多い。元来、旗本屋敷の中間というのは柄が悪いものと相場が決まっているが、中には最初から賭場を開くことを目的として中間奉公する者もいる。主の旗本に金を握らせて、賭場の開帳を黙認してもらうわけである。

（なるほど、さっき嫂上からもらった金で博奕をするわけだな）

愛之助は納得する。そのとき、不意に、あの男が誰だったか思い出した。

（高見沢圭次郎《たかみざわけいじろう》か……）

もう十年以上会っていないし、見かけもかなり変わっている。昔は痩せていたのに、今は、かなり目方が増えたようだ。頬がたるみ、顎の下にも肉がついて、二重顎になっている。だから、最初は誰なのかわからなかったのだ。吉久美の遠縁に当たる旗本の嫡男だから、家柄は悪くない。但し、小普請である。この時代、いかに家柄がよく、家禄が多くても、先祖代々の借金が積み重なっているから、何らかの役職について、役職手当をもらわなければ、まともに生活していけるものではない。旗本も御家人も小普請の苦しさは変わらないのである。

（あいつが嫂上の悩みの種なのか？）

どういうことなのだろう、と愛之助は首を捻りながら、その場を立ち去る。

二十三

高見沢圭次郎が旗本屋敷に入るのを見届けて、愛之助は引き揚げることにした。出てくるのを待ち伏せて締め上げてやろうかとも考えたが、博奕を打ちにいったのだとしたら、長っ尻するかもしれないし、そもそも、詳しい事情が何もわからないのに乱暴な振る舞いをすることもためらわれる。

しかし、何となく、むしゃくしゃして気持ちが晴れない。

(道場で汗を流すか)

せっかく神田まで来たのだから、花房町の陵陽館に寄っていこうと決める。

誰か門人がいれば稽古できるし、誰もいなければ一人で型取りでもしようかと考える。

(ん?)

道場から威勢のいいかけ声が聞こえる。

一人や二人ではない。何人もいるようだ。

賑やかである。

(鯖之介もいるのか)

そのかけ声に鯖之介の声も混じっているのに気が付く。

「失礼します」

声をかけて道場に入ると、えっ、という驚きの声が出る。

門人たちが立ち合い稽古をしており、その中に鯖之介もいる。

それだけなら、いつものことである。

愛之助が驚いたのは、三枝如水がいたからである。

道場主だが、もう六十一歳という高齢なので、道場に顔を出すことはあまりないし、自ら門人に稽古をつけることも、ここ数年は皆無である。

若い頃には小天狗《こてんぐ》と異名を取ったほどに動きが敏捷で、門人たちを容赦なく叩き伏せたというが、その面影は消え、いつもにこにこして機嫌のいい小柄な老人にしか見えない。

その如水が道場にいるだけでも十分すぎるほどの驚きなのに、更に愛之助を驚かせたのは、如水のそばに佳穂がいたからである。

如水は佳穂に稽古をつけているのだ。

愛之助が唖然《あぜん》としていると、

「おお、愛之助、いいところに来たな。天河と立ち合ってみよ」

如水が声をかける。

「……」

佳穂が愛之助に顔を向け、丁寧に会釈する。

(佳穂殿は、ここで何をしているのだ?)

首を捻りながら、愛之助が稽古着に着替える。

少しばかり型取りをしてから、鯖之介と立ち合うことになる。

如水と佳穂は上座に並んで坐り、その左右に門人たちが居流れる。

「うちの流派は伊藤一刀斎先生の一刀流に、わしが工夫を加えて放念無慚流と名乗っておりますが、天河の剣にはおかしな癖がなく、わし以上に一刀流の正しい教えを踏まえていると言っていいでしょう。だから、師範代に据えて、道場を任せているのです。愛之助は天河と同じくらいに使える男だが、天河と違って、愛之助の剣は、わしの教えから、かなり外れているから、師範代にはできぬし、より厳しく言えば、放念無慚流を名乗るのも、どうかという気がしないでもないのです」

如水が佳穂に説明する。

「では、愛之助さまはご自分で一派を立てることもできるということでしょうか？」

「剣の腕だけで言えば、それもあり得るでしょうが、残念ながら、道場主に収まって、おとなしく門人を教えるような男ではない。だから、無理でしょうな」

はははっ、と如水が笑う。

（二人で何を言っているんだ）

愛之助が首を捻る。

道場に出るだけでも珍しいのに、饒舌《じょうぜつ》な如水を見るのも珍しい。よほど佳穂が気に入っている様子である。

「勝負は三本。始めよ」

如水が声をかける。

愛之助と鯖之介は一礼してから、木刀を構えて向かい合う。

普段は、愚痴ばかりこぼす貧乏臭い男だが、道場に立つと人が変わったように生き生きしているし、こうして立ち合うと別人のように凄みを増す。

（誰にでも取り柄があるものだ）

と、愛之助は感心する。

そんな考え事をして、どこかに隙ができたのか、鯖之介が踏み込んですばやく愛之助の小手を打つ。

あっという間に一本取られた。

いかん、いかん、しっかりやらなければ、と気を取り直して、また向かい合う。

今度は、愛之助が鯖之介の胴を打って、一本取る。

すでに二人の息遣いは荒く、体中から汗が噴き出している。その汗と共に体や心に澱んでいた様々な汚れが流れ出ていく気がする。雑念が消え、いかにして相手に打ち込むか、いかにして相手を倒すか、そのこと以外は考えられなくなる。

双方、決め手がないまま、睨み合いが続いたが、

「そこまで。引き分けでよかろう」

如水が立ち上がる。

佳穂に何事か囁くと、二人は道場から出て行く。

「汗を流しに行くか」

「そうだな」

愛之助と鯖之介は井戸端で汗を流すことにする。

二人とも疲れてしまい、もう稽古を続ける気はなくなっている。

「なぜ、佳穂殿が道場にいたんだ？　それに先生まで一緒に」

「おれもよくわからんのだが、朝方、一人で先生を訪ねてきたらしい」

「一人で？」

「それもまた、びっくりだよな。大旗本の嫁入り前の娘が駕籠にも乗らず、たった一人で番町から神田まで歩いてきたというのだから」

「何しに来たんだ？」

「一手ご教授願いたい……そんなことを言ったらしい」

「は？」

愛之助が吹き出す。

「それは道場破りの決まり文句ではないか」

「確かに、そう言われれば……。おまえ、唐沢の屋敷で佳穂殿に稽古をつけたのではないのか？」

「稽古というほどのことはしていないが」

「それで、うちの流派に興味を持ったようだぞ」

「ふうむ、そうだったのか」

「先生は佳穂殿をかなり気に入ったようだ」

「そうだろうな。道場に出るくらいなんだから」

　愛之助がうなずく。

「先生の気持ちはわかる。美人で頭がよくて、武芸にも秀でている。しかも、名家の生まれだ。そんな女性、滅多にいるものではない。それにな……」

　鯖之介がにやりと笑う。

「何だ？」

「おまえの猪母真羅には何の興味もないらしい」

「男勝りの人だからな。男よりも剣が好きなんだろう」

「おれは嬉しくてたまらないぞ。昔から、どんな女もおまえの猪母真羅に靡《なび》くのが羨ましい……いや、憎くてたまらなかった。世の中には、猪母真羅に興味のない女だっているはずだと信じていた。そうだった、佳穂殿がいた。昔は、まだ子供だから興味がないのかと思っていたが、そうではなかった。今日、久し振りに会ってわかった。佳穂殿は、おまえよりも如水先生の方に興味があるらしいな」

「それは結構だ」

「負け惜しみを言うな」

ざまあみろ、と鯖之介が笑う。

「ところで、おまえな」

「ん？」

「用心棒の仕事は、お払い箱になったのか？」

御子神検校は鯖之介を嫌っていたから、とうとう、追い出されてしまったのではないか、と愛之助は心配する。

「そうではない……」

ちゃんと検校の許しを得て、半日ばかり暇をもらったのだという。家に戻って母親に金と汚れ物を渡し、新しい着替えを持って、道場に来たというのだ。

「ふうん、あの検校がなあ……」

随分と寛大ではないか、と愛之助が言うと、

「なあに、おれがいなくても大丈夫だからさ」

「どういう意味だ？」

「屋敷から一歩も外に出ようとしないからな」

「一歩もか？　取り立てには行くだろう」

「以前は一日に一度は取り立てに出かけたが、今はまったく外に出ようとしない。何かに

怯えているようだな。外に出ないから、おれの仕事もない」

「ふうむ……」

検校が何かに怯えて屋敷から出ようとしない、取り立てにすら行こうとしない……そんなことがあるのだろうか、と愛之助は首を捻る。

それが事実だとすれば、よほど深刻な危険が自分の身に迫っていると感じているのに違いないし、恐らく、雨海藩に関することだろう、と察せられる。

二十四

愛之助と鯖之介は連れ立って道場を出る。

愛之助は伊勢町の井筒屋に、鯖之介は米沢町の検校の屋敷に戻るので、途中までは同じ道である。二人とも急いで帰る必要もないから、紺屋町の「うずら」で一杯やるか、という話になる。

「今日は、おれが奢る」

「え、おまえが？」

愛之助が驚く。鯖之介に奢った記憶は数え切れないほどあるが、奢られた記憶は皆無である。

「たまには、よかろう」

「よほど懐が暖かいようだな」

「そうでもない」

ふふふっ、と鯖之介が余裕の笑みを浮かべる。

「よし、それならば、店で一番高い酒を飲むことにしよう」

「馬鹿を言うな。いつもと同じ酒でいい。同じ酒に、同じ肴。それで十分だ」

「ケチ臭いことを言うなよ」

他愛《たわい》のない話をしながら、ゆっくり歩いていると、ふと、鯖之介が、

「なあ、気が付いているか？」

と訊く。

「うむ」

「気のせいかと思っていたが、そうではないらしい。道場を出てから、ずっとつけてくるな。一人、いや、二人だな。おれは誰かの恨みを買った覚えはない。おまえは、どうだ？」

「ある」

愛之助がうなずく。

「検校が警戒しているのは、この連中だと思う」

「そういうことか。襲ってくるかな？」

「人目があるし、おまえもいる。襲ってくるとすれば、おれが一人のときだろう」

「平気な顔をしているな。痩せ我慢か？」

「そういうわけではない」

「今日は真っ直ぐ伊勢町に帰った方がよさそうだ。『うずら』に行くのは日を改めよう。送っていく」

「おれの用心棒をしてくれるわけか？」

「ありがたく思え。用心棒代を出せとは言わん」

二十五

井筒屋。離れ。

愛之助と鯖之介がどっかり腰を下ろす。

「奴ら、岩附町《いわつき》あたりで姿がみえなくなったな」

「おれが井筒屋に帰ると思ったんだろう」

「どこに住んでいるかも知られているわけか。道場の場所も知られているし、迂闊《うかつ》に出歩くと危ないな」

「かと言って、検校のように屋敷に閉じ籠もるわけにもいかない」

「この前は、この伊勢町で襲われたんだったな?」

「ああ、湯屋の帰りにな。丸腰だった」

愛之助がうなずく。

「相手は一人だったな?」

「うむ、一人だ。自分も死ぬと覚悟を決めて襲ってきたようだったな。どうせ国元に帰ればば切腹だから、脱藩して、検校とおれを襲ったらしい。おれを斬って、その場で切腹して死ぬ、それが武士の一分だとか言っていた。馬鹿な話さ」

「近頃は、まともに刀を抜くこともできない腑抜けた武士が増えているようだが、雨海藩の武士はそうではないのだな。いまだに戦国の美風が生きているらしい」

「所詮、田舎者だってことさ。田舎者だから廓《くるわ》遊びもわからず検校に難癖をつけた。その揚げ句、恥をかいて、藩も笑いものになり、役を解かれて国元に呼び戻された。信じられないほどの間抜けだ」

愛之助が、ちっ、と舌打ちする。

「間抜けだからこそ怖い。武士の一分だなどと言って腹を切る旗本や御家人が江戸にいるか?」

「いないだろうな」

「後をつけたのも、そいつらの仲間ということかな?」

「たぶん、そうだろう」

「厄介だのう。ここに斬り込んでは来るまいが、外に一人で出たときが危ないな」

「そうかもしれぬ」

「しばらく番町の屋敷に帰ったらどうだ？　あそこにいれば、どう足掻《あが》いても手出しできまい」

「そんな気はないよ」

「わがままを言いおって。それなら、検校さまの屋敷に来い。おれもそばにいられる」

「それも、お断りだな。こそこそ逃げ回る気はないんだ」

「強気だな。まあ、おまえは腕が立つが……」

そうだ、兄者に相談してみたらどうだ、町奉行だし、きっと力を貸してくれるだろう、と鯖之介が身を乗り出す。

「他の何よりも気が進まない。それだけは、ない」

愛之助は首を振る。

「困った奴だ」

鯖之介が溜息をついたとき、

「お客さまでしたのね」

酒と肴を盆に載せて、お藤がやってくる。

愛之助は、

（またか。呼ばれもしないのに……）

と呆れ顔だが、鯖之介は姿勢を正し、

「お邪魔しております。天河鯖之介と申します。愛之助とは幼い頃から、剣と学問に共に励んだ仲です」

と几帳面に挨拶する。

「まあ、そうでしたの。店の外でお見かけしたことがあるような気がしますが、それほど親しいのなら、もっと訪ねて下さればいいのに」

「招かれざる客ですからな」

はははっ、と何がおかしいのか、鯖之介は愉快そうに笑う。

井筒屋に住み始めてから、愛之助は鯖之介を離れに一度も招き入れたことがない。今日が初めてである。これほど親しい友達なのに、なぜだろう、と自分でも不思議に思うが、特に深い意味があってのことではない。剣の腕は確かだから、道場で手合わせするのは楽しい。その後で「うずら」で酒を飲むのも悪くない。だからといって、自分の住んでいるところにまで招いて、うじうじと貧乏話を聞きたくはない。井筒屋の近くまで来たことはあっても、店先で別れ、この離れに入れなかったのは、そんな理由である。道場と「うずら」で顔を合わせていれば十分なのだ。

愛之助が立ち上がる。

「どこに行くんだ？」

鯖之介が見上げる。

「手洗いだ。飲んでいてくれ」

「ああ、そうか」

しばらくして愛之助が戻ると、廊下の外までお藤の笑い声が聞こえる。ほがらかな楽しそうな笑い声である。

「戻った」

声をかけて部屋に入ると、鯖之介とお藤が慌てて手を離すのが見えた。

（こいつら、何をしてやがる？）

嫉妬したわけではない。

ほんのわずかの間、愛之助が席を外した間に手を握り合うほど、二人は親密になったのかと驚き、お藤にも鯖之介にも呆れたのである。

鯖之介は機嫌よさそうに酒を飲んでいるし、どうやら、お藤も飲んでいるようだ。ほんのりと顔が赤くなっている。

男日照りで、艶本や張形で自分を慰めている熟女と、自分より二回りも三回りも年上の夜鷹しか買えないような侘《わび》しい男が、どういうきっかけで惹かれあうことになるのか、愛之助にはまったく理解できない。自分にはどうでもいいことではあるものの、何となく不愉快である。もっと言えば、気持ち悪いのであった。

二十六

翌朝、愛之助は番町の屋敷に出かける。

昨日のことがあるので、怪しい者たちに後をつけられていないか注意したが、そういうことはなかった。

屋敷に着き、座敷に入ると、しばらくは、玉堂の馬鹿話に付き合わなければならない。

やがて、山尾が玉堂を呼びに来る。あらかじめ愛之助と山尾が打ち合わせておいた。玉堂がいるのでは吉久美とろくに話もできないので、適当な用事を理由にして、玉堂を遠ざける作戦なのだ。

「は？　何で、わしが？　おまえと千代右衛門で相談して決めればいいではないか」

「そうもいきませぬ。やはり、御前に決済していただかなければ」

「愛之助が来ているときでなくてもよかろうに」

「急ぎますので」

山尾は一歩も引かない。

「やむを得ぬ」

渋々、玉堂が腰を上げる。

所詮、口では山尾にかなわないのである。

山尾に連れられて玉堂が席を外すと、

「進吾、どうだ、庭で遊ぶか？」

「うん、いいよ」

進吾が嬉しそうにうなずく。愛之助と一緒なら、何をしても楽しいらしい。

「嫂上も、ご一緒に」

「二人でどうぞ。わたしは、ここに……」

「話したいことがあるのです。大切なことです」

「そうですか」

吉久美が立ち上がる。

三人で庭に出る。

広い庭である。

ある時期、玉堂が庭園造りに凝ったことがあり、そのときの名残で、白い砂の中に大きな石が点在し、古びた松が何本も植えられている。大きな池があり、池の中には小島があって、橋まで架かっている。玉堂によれば、この庭は宇宙を表現しているのだという。

三人が池の畔《ほとり》まで来ると、

「進吾、鯉に餌《えさ》をやってくれ」

愛之助が懐から紙包みを取り出す。鯉の餌である。

「うん」

紙包みを受け取ると、進吾は池の周りを走りながら、鯉に餌を投げ始める。

「昨日、珍しい男に会いました」

「どなたに？」

「高見沢圭次郎です」

「……」

吉久美がハッと息を吞む。

「どこに行くのだろうと後をついていったら、神田明神の北にある旗本屋敷に入っていきました。たぶん、博奕をするためでしょう」

「旗本屋敷で博奕をするのですか？」

「ええ。中間の長屋で賭場を開くことを許せば、いい手間賃が入るらしいですからね。さすがに番町には、そんな旗本屋敷はないようですが」

「……」

「金回りがいいんですかね。高見沢のところは、まだ小普請だったはずですが」

「遠回しに意地悪を言わなくてもいいじゃありませんか」

吉久美がしゃがみ込む。

「なぜ、あんな奴に金を渡したんですか？」

「先月ですけど、圭次郎殿がこの屋敷を訪ねてきたんです。わたしを訪ねてきたわけではありませんよ。父上に会いに来たのです」

「父上に？」

「高見沢の家も、ずっと小普請ですから、生活も苦しく、何かの役に就かなければどうにもならなくなっているようなのです」

「しかし、父上は、もう隠居の身ですよ」

「ですから、旦那さまに口を利いてくれないかと頼みに来たのです」

「ああ、なるほど」

愛之助が合点する。

要職を歴任し、順調に出世街道を歩んでいる雅之進であれば、高見沢圭次郎に何らかの役職を世話するのは、さして難しくないであろう。現に愛之助にも、小普請の旗本家に養子に入ったら、必ずや何かの役に就けてやる、と請け合ったほどだ。

もっとも、それは愛之助が実の弟だから言ったことであり、謹厳実直《きんげんじっちょく》なので、賄賂《わいろ》の類は一切受け取らないし、猟官運動も相手にしない。

圭次郎もそれを承知しているから、直に雅之進に頼むのではなく、玉堂を通して頼もうと考えたのであろう。玉堂の口添えがあれば、雅之進も無下には断るまいと期待したのに違いない。

「父上は簡単に請け合ってくれたのですが、肝心の旦那さまが承知なさらなくて……」

「さもありなん」

愛之助がうなずく。玉堂の口添えがあるにもかかわらず、雅之進は圭次郎の頼みを一蹴したのだ。

(さすがに冷酷な人だ)

圭次郎は赤の他人ではない。吉久美の遠縁である。近しい間柄でないとはいえ、玉堂の口添えもあるのだし、少しは力になるのが普通であろう。

しかし、そんな常識は雅之進には通用しないらしい。

「圭次郎は諦めなかったわけですね？」

「仕官は無理だと悟ったようです。旦那さまがまったく耳を貸さないのですから、どうにもなりません。父上が頼んでも駄目なのですから、わたしが頼んでも無駄に決まっています。すると今度は……」

「金ですか？」

「はい」

　吉久美が溜息をつきながら、うなずく。

「相手にしなければよかったのに。はねつけてしまえばよかったのだ」

「そうですね」

「断ることのできない理由でもあったんですか？」

「十年以上も前の話なのです。うちと高見沢の家は母親同士が親しかったこともあって、互いによく行き来していました。愛之助殿もご存じでしょう？」

「ええ、わたしもよくお邪魔しましたからね」

「その頃、たまたま、圭次郎殿とわたしが二人きりになったことがあり、どういう弾みか、ちょっとした過ちを犯してしまいました」

「過ち？　圭次郎と寝たんですか」

「ま」

　吉久美が顔を真っ赤にする。

「そんなことはしません」

「では、何を？」

「それが……」

　もじもじしながら、口吸いをしてしまったのです、とかぼそい声で言う。

「は？　お刺身ですか」

「何ですか、それは？」

「ですから、口と口を合わせて、舌を絡め合ったということなのか、と訊いたわけですが」

「舌なんか……」

吉久美が大きく首を振り、唇と唇が軽く触れてしまったのです、と恥ずかしそうに言う。

「は？」

愛之助が驚く。

「本当にそれだけですか？」

「それだけです」

「で、高見沢は、それをネタにして嫂上を脅したわけですか？」

「お金を渡さないと、それを旦那さまに言う、と」

「……」

ある意味、愛之助は呆然とする。あまりにも吉久美が初であることに驚かされた。遠い昔に、ちょっとした弾みに男と女が唇を触れ合わせただけのことだ。寝たわけではない。

そんなことを誰が気にするのか？

笑い話ではないか。

が……。

他の誰が気にしなくても雅之進だけは気にするはずである。そんな事実を知れば、吉久美を許さないであろう。雅之進の性格を知っているから、吉久美も脅されるままに金を渡してしまったのに違いない。

だが、一度でも金を渡せば、それに味を占めて何度でも同じことをする。蛇蝎《だかつ》の如く、しつこく迫ってくる。恐喝とは、そういうものだ。

昨日など、金を渡しただけでは済まず、出合茶屋に行こうと誘われたのだという。

「兄上に相談しないのは、わかります。なぜ、わたしに相談してくれなかったのですか」

「言えるものですか。あなたに相談だなんて……。できるはずがないでしょう」

吉久美が溜息をつく。

「高見沢をどうしたいとお考えですか？」

「どうしたい、とは？」

「殺したいですか？」

「……」

吉久美が驚いたような顔で愛之助を見る。

「正直に言って下さい」

「はい、あの……」

吉久美が目を伏せる。

「死んでほしいと思います」

「わかりました。わたしに任せて下さい」

「どうにかできるのですか?」

「必ず、何とかします。その代わり……」

愛之助が、じっと吉久美を見つめる。

「何ですか?」

「今は何も言いますまい。これが片付いたら、お話しします。圭次郎から何か連絡があっても、決して相手にしないで下さい。会うのはもちろんですが、金を渡すのも駄目ですよ」

「でも……」

「わたしを信じて下さい」

「わかりました」

目を伏せて、吉久美がうなずく。

二十七

屋敷を出た愛之助だが、何とも言えぬもやもやが胸の内に澱んで、気分が晴れない。

（あれは本当の話だろうか？）

十年以上も前の話だというから、吉久美が十四歳か十五歳くらいの頃であろう。何かの弾みで、圭次郎と唇が触れ合ってしまったという。

たかがそれだけのことで、吉久美は圭次郎に脅されて、金まで渡している。

最初は仕官を頼みに麗門家を訪ねてきたという。

それが不調に終わり、むしゃくしゃして、腹立ち紛れに、軽い気持ちで吉久美を脅かしてみたら、思いがけず、吉久美が大慌てしてくれた、というところではなかろうか、と愛之助は推測する。

味を占めた圭次郎は、金だけでなく、吉久美の体にまで食指を伸ばそうとしている。

（許せぬ）

愛之助は強い憤りと怒りを感じる。

自分が猪母真羅の持ち主であることを自覚してからというもの、周りにいる女たちが愛之助に群がってきた。唯一の例外が吉久美である。

幼馴染みの吉久美とだけは、なぜか、愛之助は寝たことがない。吉久美の実家と麗門家の話し合いで、雅之進と吉久美の縁談は、二人が物心つく前から決まっていた。年齢は愛之助の方がひとつ上だが、いずれ吉久美は義理の姉になる人だと承知していた。そういう遠慮もあったし、吉久美が愛之助に興味を示さないせいでもあった。

吉久美は、他の女たちとは違っていた。

不仲だったわけではない。それどころか、仲がよすぎたくらいなのである。雅之進の妻になる以前から、実の姉弟のように親しかったから、かえって肉欲の対象にできなかったのかもしれなかった。

要は、それほど吉久美は愛之助にとって大切な存在だったということなのだ。その吉久美に、圭次郎めが手を出そうとするとは、

(許せぬ)

と、愛之助は腹が立つのである。

真っ直ぐ、井筒屋に帰る気にもならないので、久し振りに不忍池《しのばずのいけ》の方でもぶらぶらしてみるか、何かうまいものでも食って、その後で道場で汗を流すのも悪くない……そんなことを考える。

湯島天神《ゆしまてんじん》のそばを通り過ぎたとき、前方に見覚えのある姿を見付けた。鯖之介である。上背があり、恰幅《かっぷく》もいいので、遠くからでも目につくのだ。

こんなところで何をしているのだろう、と愛之助は首を捻る。今頃は御子神検校の屋敷に詰めていなければならないはずだ。何か用があって御徒町の実家に戻ったのだとしても、実家からは、道場に行くにしても、検校の屋敷に戻るにしても方向が反対である。

(ん?)

鯖之介は一人ではないことに気が付いた。鯖之介の後ろを女がついていく。

「え」

思わず口から声が洩れる。

お藤ではないか。

鯖之介は胸を張って悠然と歩いて行き、いくらか距離を置いて、お藤がいそいそと従っている。

冗談だろう、何かの間違いではないのか……小首を傾《かし》げながら、愛之助は二人をつける。

鯖之介もお藤も周囲を気にしている様子はなく、後ろを振り返ったりもしない。人通りも少なくないので、たとえ振り返ったとしても、すぐに気付かれる恐れはなさそうだ。

二人は、下谷広小路《ひろこうじ》から池之端仲町《いけのはたなかちょう》の方に歩いて行く。

（おいおい、まさか……）

池之端仲町から不忍池の方にかけて、出合茶屋がいくつもある。岡場所のように妓楼が隣り合い、軒を連ねているのではなく、ぽつんぽつんと点在している。どこも静かな佇まいで、建物の周囲には背の高い樹木が生い茂っている。

年中、金欠で苦しみ、女遊びといえば、たまに年老いた夜鷹を買うくらいのことしかできない鯖之介が出合茶屋を利用したことなどあるはずもない。初めてにしては、いやに堂々とした態度だから、恐らく、お藤に手引きされたのだなという想像はつく。

謹厳実直な宗右衛門に隠れて、お藤がどういう遊びをしているのか愛之助も詳しくは知らないが、艶本や張形を買い込んでいるくらいだから、出合茶屋の遊び方を心得ているのかもしれない。様々な遊びを指南する内容の艶本もあるからだ。

木立の中を抜ける小道を辿り、二人が出合茶屋の方に歩いて行くのを見届けて、愛之助は踵を返す。他人の秘密を覗き見したようで、ちょっと後ろめたさを感じている。食欲も、道場で稽古する気持ちも失せたので、井筒屋に帰ることにする。

二十八

「ごゆっくり」

中年の女中が、酒と肴を載せたお盆を置いて、うつむいたまま廊下に出て、静かに襖を閉める。できるだけ客の顔を見ないように注意しているらしい。

「おひとつ、どうぞ」

お藤が銚子を手に取る。

「すみませんな」

鯖之介が猪口を差し出す。

お藤が酒を注ぐと、

「では、次は、わたしが」

「ありがとうございます」

鯖之介がお藤にも酒を注いでやる。

互いの顔を見つめながら、二人が酒を口にする。

「いいお酒を使ってませんね」

「酒屋の女将は厳しいですな」

「いやだ、女将だなんて言わないで下さい」

「では……」

「お藤と呼んで」

猪口をお盆に戻すと、お藤が鯖之介の胸にもたれかかる。

「お藤」

「あい」

お藤が鯖之介を見上げる。口が半開きになって、そこから舌が覗いている。

鯖之介がお藤の口を吸う。

お藤が両手で鯖之介の頭を引き寄せる。

二人は互いの唇を貪り合う。

「ああっ」

お藤が仰け反る。白い首がさらされる。そこに鯖之介が吸いつき、首筋に舌を這わせる。

帯を解き、胸元をくつろげる。

お藤の巨乳が露わになる。

たまらず、鯖之介は巨乳に顔を埋め、乳首をねぶり始める。ふたつの乳房の間に顔を埋め、両手で乳房を揉み上げる。

「ああっ、ああっ……」

お藤は激しく喘ぐ。

鯖之介が裾をまくり上げようとすると、

「お願い、向こうで、お布団で……」

「うむ」

二人は立ち上がり、隣の襖を開ける。

そこには布団が敷いてある。着ているものを手早く脱ぎ捨てると、裸になって抱き合いながら倒れ込み、二人はまた口を吸い合う。

鯖之介がお藤の股間に手を伸ばす。

「お藤、行くぞ」

「ええ、来て下さいな。たっぷり、かわいがってちょうだい」

お藤が両足を鯖之介の腰に巻きつける。

「むむむっ、これは、たまらん」

今まで味わったことがないほどの快感なのであろう。お藤の舌を吸いながら、鯖之介が腰を動かす。

「あ、あ、あ……」

お藤の喘ぎ声が大きくなる。もっと、もっと、と譫言《うわごと》のように口走りながら、鯖之介にしがみつく。

と、不意に鯖之介の動きが止まる。

「どうしたの？」

お藤が薄目で鯖之介を見上げる。

「あ、いや、それが……」

鯖之介がお藤から離れる。

「……」

お藤も体を起こす。

鯖之介の股間を覗き込むと、

「え」

と両目を大きく見開く。

「なんで？」

「わしにもわからぬ。突然……す、すまぬ」

鯖之介が、がっくりとうなだれる。

「大丈夫ですよ。若いから、すぐに元気になりますよ……」

お藤が手や口を使って愛撫する。

しかし、どれほどお藤ががんばっても、どうにもならない。

ついに、お藤も諦めて、溜息をつく。

「……」

鯖之介は意気消沈し、呆然としている。

二十九

井筒屋の離れ。

愛之助が寝転がって、借りてきた貸本を読んで笑っている。

そこに、お美代がやって来る。

普段なら、大騒ぎして愛之助に抱きついてくるのに、今日は神妙な表情で部屋の隅に坐り込む。そのまま黙りこくっている。

かえって愛之助の方がお美代のことが気になってしまい、貸本を閉じる。

「どうした、何かあったのか？」

「うん、ちょっと」

「何だ、言ってみろ」

「お父っつぁんがね、おまえは早く嫁に行けって」

「ふうむ、嫁入りの話か。おまえ、いくつだ？」

「十七です」

「それなら早すぎるということはないな。しかし、一人娘だから、嫁に出すのはまずいだろう。婿を取って、店を継がせなければならないわけだから」

「そんな先のことより、とにかく、わたしをこの家から追い出したいみたいなのよね」

「なぜ、大切な一人娘を追い出すんだ？」

「あら、そんなのわかりきったことじゃない。先生がいるからよ。お父っつぁんは、わたしが先生のそばにいると危ないと心配してるのよ。間違いでも起こるんじゃないかって。おっかさんも賛成なのよ。普段は仲が悪いくせに、わたしを先生から遠ざけたいということに関しては同じ考えらしいわ」

「そんなに、おれが邪魔かねえ」

愛之助が苦笑いをする。

「先達て、お侍さんを斬ったでしょう？　先生が悪いわけじゃないってことは、もちろん、わたしたちだってわかってるんだけど、お父っつぁんは気の小さい人だから、斬り合いなんて聞いただけで腰が抜けるほど恐ろしいのよ」

「その気持ちはわかる。真面目に商売に励んでいる人間には、斬り合いなんか無縁の話だからな」

「ねえ、わたし、どうしたらいいかな？　あいつはどうだ、こいつはどうだって、いろいろ勧めてくるんだけど、どれも気が進まないの」

「贅沢な悩みだ」

「意地悪ね」

お美代がぷっと口を尖らせたとき、

「先生」

廊下から幹太が声をかける。

「お客さんですが」

「誰だ？」

「十手持ちの親分さんです。裏木戸の方に」

「ああ……」

松蔵か、と愛之助は察する。

貸本を放り出して立ち上がると、お美代を見て、

「そう悩むなよ」

「先生みたいに気楽じゃないんですからね」

「すまんな、おれは、こういう男なのさ」

刀を手にして、愛之助が離れから出て行く。

裏木戸から外に出ると、松蔵が天水桶の陰にしゃがんでいる。いつもの姿だ。

「親分、何かあったのか？」

「申し訳ありませんが、自身番までいらしてもらえませんか？」

「ん、自身番？」

「水沼の旦那が待ってらっしゃいます」

「平四郎が？」

水沼平四郎は北町奉行所の同心で、松蔵に十手を預けている。

「わざわざ平四郎が足を運んでくるとは珍しいな。よほど大事なことか？」

「ご自分でお聞きになって下さいまし」

「そうだな。行くか」

愛之助が先になって、すたすた歩き出す。その後ろを、松蔵がとぼとぼついていく。

三十

愛之助が自身番に入ると、水沼平四郎と町年寄がお茶を飲みながら、談笑している。

「お呼び立てしてすいません」

平四郎が頭を下げる。

「井筒屋より、ここの方が静かに話ができるかと思いまして」

「うむ、そうだな」

「先生、お茶でも淹《い》れますか」

町年寄が腰を上げる。

「自分でやりますよ」

「それなら、わたしが」

松蔵が愛之助を押しとどめる。

「すまないが……」

平四郎が町年寄に目配《めくば》せする。

「あ、そうでしたな」

「四半刻（三十分）くらいでいいから」

町年寄が会釈して自身番から出て行く。愛之助が来たら席を外してくれと頼まれていたらしい。

「どうぞ、ごゆっくり」

　松蔵が愛之助にお茶を淹れる。

「そっちから足を運んで来るとは珍しいな。用があるのなら、奉行所に呼べばいいのに」

「なるべく一人歩きしていただきたくないのです」

「やっぱり、その話か」

「お奉行が骨を折って下さっています」

「さぞ、機嫌が悪いんだろうなあ」

　苦虫《にがむし》を嚙《か》み潰《つぶ》したような雅之進の顔を脳裏に思い浮かべて、愛之助がにやりと笑う。

「笑い事ではありませぬ。向こうは、愛之助さまと御子神検校を殺すつもりなのですか」

「武士の一分ってやつだな」

「お奉行の働きかけで、雨海藩の藩主さまは、どうにか納得させることができました。ただ藩主さまが言うには、すでに脱藩して国元を出た者が何人かいて、その者たちの居場所は藩主さまにもわからないそうなのです。そうだったな、松蔵？」

　平四郎が松蔵に顔を向ける。

「しばらく藩邸の長屋にいたようですが、今はいません。藩主さまに止められることを怖れて、長屋を出たのではないかと思います」

「脱藩したのに藩邸にいたとは妙な話だな」

愛之助が言う。

「表向き、脱藩という体裁を取り繕ったということなのでしょう。江戸で藩士が斬り合いなどすれば、藩主もご公儀からお咎めを受けることになりますからね」

「小手先のごまかしか」

「しかし、愛之助さまが麗門家のご次男で、北町奉行の弟君だと知り、そんな小細工は通用しないと悟った。そこで思い留まってくれればよかったのですが……」

「国元から六人出てきたそうです。そのうち二人は思い留まったものの、あとの四人が行方知れずになっているようです」

松蔵が説明する。

「その四人は何としても、おれと検校の首をあげたいわけだな」

愛之助がうなずく。

「意固地な田舎者だから融通が利かないんですかね。江戸の地理にも不慣れなので、藩邸の小者や下男を使って、お二人の動きを探っていたようですが、何か心当たりはありませんか？」

松蔵が訊く。

「そう言えば、あるようだ」

先達て、道場の帰りに何者かに後をつけられたことを、愛之助は思い出す。

「雨海藩の方でも四人を捜しているようです。脱藩したといっても、家族や親戚は国元にいるわけですから、藩主さまの命令に逆らうことはできません。うまく見付けられれば、一件落着となるでしょうが、万が一、見付けられないうちに愛之助さまが襲われると困ります」

平四郎が言う。

「相手が四人だと厄介だな。この前は一人でも大変だった」

「要は、四人が見付かるまでの辛抱なのです。しばらく、北町奉行所内のお奉行の役宅で暮らしていただけると安心なのですがね」

「それは無理だぜ」

「ふふふっ……」

平四郎と松蔵が顔を見合わせて笑う。

「何だよ？」

「そうおっしゃるだろうと思っていました。わたしたちだけでなく、お奉行さまも」

「兄上もか？」

「あいつは堅苦しいことが大嫌いだから、おれのそばでおとなしくしていられるはずがない、と」

「よくわかってるじゃないか。その通りさ」

「ここに……」

平四郎が懐から袱紗袋を取り出し、愛之助の前に置く。

「十両あります。お奉行から預かってきました。それから、これは道中手形です」

「道中手形だと？　旅に出ろとでもいうのか」

「そうです。せっかくですから箱根にでも出かけて、のんびり湯に浸かってきたらどうですか？　沼津の方まで足を伸ばせば、うまい魚も食えますよ」

「ふうむ……」

「お奉行も心配しておられるのですよ」

「十両もらって温泉旅か。なるほど、悪くないかもしれんな」

愛之助が袱紗袋と道中手形に手を伸ばす。

郵便はがき

料金受取人払郵便

銀座局
承認

8172

差出有効期間
2026年7月
21日まで

(切手不要)

100-8788

304

(受取人)
東京都千代田区大手町1-7-1
読売新聞ビル 19階

中央公論新社 販売部
『ちぎれ雲(一)』
愛読者係 行

フリガナ
お名前

男・女 年齢 歳

◆ お住まいの地域

(都・道・府・県)

1.学生 2.会社員 3.会社経営 4.公務員
5.自営業 6.主婦・主夫 7.パート・アルバイト
8.フリーター 9.その他 ( )

弊社出版物をお買い上げいただき、ありがとうございました。
本ハガキで取得させていただいたお客様の個人情報は、編集宣伝以外には使用いたしません。

愛読者カード

作品名『ちぎれ雲（一）』

◆ この本に興味をもったきっかけをお選びください。（複数可）

1. 書店で見て
2. 富樫倫太郎さんの作品だから
3. 新聞広告（紙名：　　　　　　　）
4. 新聞・雑誌の書評
5. テレビ番組での紹介
6. ネット書店で見て
7. ネット書店のレビュー
8. 書評サイトの評価
9. 友人・知人に勧められて
10. SNSで見て
11. その他（　　　　　　　　　　）

◆ どこで購入されましたか。

1. 書店　（　　　　　　　　）
2. ネット書店（　　　　　　　　）
3. その他（　　　　　　　　）

◆ 普段、本を選ぶ際に参考にしている新聞、雑誌、番組、webサイトなどがありましたら教えてください。

◆『ちぎれ雲（一）』の感想をお書き下さい。

【弊社広告物への使用の可否をお教えください】
記入した個人情報以外の内容を、広告等、書籍のPRに使用することを
許可（する／しない）　アンケートにご協力ありがとうございました。

第三部　刺客

一

愛之助が朝飯を食っているところに、松蔵と三平がやって来る。

今日の朝、江戸を発つことになっている。江戸にいると危険なので、しばらく箱根に難を逃れることにした。

松蔵と三平は愛之助が江戸を出るのを見届けるためにやって来たのである。

「随分、遅い朝飯ですね」

三平が言う。

「おれは、そんなに早起きじゃないのさ。いつもこの時間に飯を食ってるんだ」

「ゆっくり食べて下さい。ここの朝飯もしばらく食えませんからね」

へへへっ、と三平が笑う。

何か考え事でもしているのか、愛之助はぼんやりした表情で、音を立てて奥歯で沢庵《たくあん》を嚙む。

「うむ」

「万が一、江戸を出ないうちに妙な奴らが襲ってきたら、おれと親分が先生をお守りする覚悟です。用心棒なんておこがましいことは言えませんが、先生の盾になるくらいのことはできます。二人で相手の足にしがみつきますから、その隙に先生は逃げて下さい」

ねえ、親分、と三平が松蔵に顔を向ける。

「ふんっ、相手は四人という話なんだぜ。一人の足にしがみついても、まだ三人いる。わしとおまえが別々の奴にしがみついたとしても、二人は残る」

松蔵が面白くもなさそうに言う。

「え、四人もいるんですか？」

「そう言っただろうが」

「四人もいたら、どうすればいいんだろう」

「おまえは逃げ足が速いんだから、さっさと助けを呼びに行けばいいんだよ」

「戦わなくてもいいんですか？」

「そんなことは最初から期待してない」

「ああ、それなら心配ないなあ」

三平がふーっと大きく息を吐く。

「それほど切羽詰《せっぱつ》まっているのかどうかわからないが、用心するのに越したことはない。とにかく、先生が無事に江戸を出て下されば安心だ」

松蔵がちらりと愛之助を見遣る。のんびり食べているなあ、と呆れている顔である。

「……」

愛之助は、江戸を出るつもりだった。

昨日は、そう思っていた。

だが、いろいろ考えると、そう簡単ではないことに気が付いた。

まず、吉久美の件がある。

高見沢圭次郎など相手にするな、おれが話をつける、と言い含めたから、圭次郎が何か言ってきても、吉久美ははねつけるであろう。

しかし、愛之助が何もしなければ、圭次郎はしつこく無心してくるであろうし、吉久美は断り続けることができなくなってしまうかもしれない。たとえ断り続けたとしても、圭次郎が腹を立てて、雅之進に秘密を暴露するかもしれない。

秘密といっても、大した秘密ではない。

大昔の他愛のない出来事に過ぎないのである。

なぜ、それが恐喝のネタになるのか、愛之助にはまったく理解できない。玉堂ならば、大笑いして終わりであろう。

ただ、雅之進だけは、笑い事では済まさないだろう、とわかる。吉久美を厳しく責めるに違いない。麗門家に波風が立つことになる。

どれくらい江戸を離れることになるか自分でもわからないのだから、出立《しゅったつ》しないうちにケリをつけなければ、かえって面倒なことになるかもしれない、と愛之助は危惧する。

御子神検校のこともある。

雨海藩に恨まれているのは愛之助だけではない。検校も狙われている。江戸を離れれば、愛之助は安全になるが、検校は危険なままだ。

今回の一件は、愛之助が芹沢掃部介に恥辱を与えたことに端を発しているから、自分の留守中に検校が殺されれば、きっと寝覚めが悪いと思う。

本当であれば、愛之助が用心棒として検校を守らなければならないのに、代わりに鯖之介を押しつけた。検校や鯖之介に挨拶もしないで江戸を出るのは後ろめたい。

ゆうべから、そんなことを思案している。松蔵と三平が来たときも、まだ思案を続けていた。

茶碗に残った飯に汁をかけ、音を立ててかき込むと、ようやく決心がつく。

まず検校と鯖之介に挨拶し、次に高見沢圭次郎の一件を決着させ、その上で江戸を出るべきだ、と決めたのである。

「親分、すまないが、今日の出立は無理だ」

「え」

「片付けなければならないことがある」

「お命に関わるんですよ」

「承知している」

「先生が江戸を出ることは、昨日のうちに、水沼の旦那がお奉行さまにも申し上げているはずです」

「わかってるさ。だから、出立しないとは言ってない。いくらか延びるだけだ」

「どれくらい延びそうですか？」

「そう長くはかからないと思うが、少なくとも、今日は無理だろうな」

「では、明日ですか？」

「どうかな」

「くどいようですが、お命に関わるんですよ」

「できるだけ急ぐつもりだ」

愛之助が立ち上がり、刀に手を伸ばす。

「お出かけですか？」

「うむ」

「どちらに?」

「検校の屋敷に行く」

「お供させていただきます」

松蔵と三平が立ち上がる。

「ついてこなくてもいいだろう」

「そうはいきません。邪魔にならないようにしますので、わたしたちのことは気になさらないで下さいまし」

「……」

鬱陶しいとは思うものの、松蔵は梃子《てこ》でも引かないという顔をしている。ここで言い争いをするのも面倒だと考え、

「好きにしろ」

と言い放って、愛之助が離れを出る。

ちょうど向こうから、お美代がやって来る。冴えない顔をしている。

「あら、先生、どこかに行くんですか?」

「何か用があるのか?」

「いいんです。別に急ぎじゃないから。わたしも、もうすぐ出かけないといけないし」

「どこに行く?」

「習い事ですよ。昼前にひとつ、昼過ぎにひとつ。嫌になってしまう」

「ああ、それも……」

それも花嫁修業だからな、と言いそうになって、愛之助はその言葉を飲み込む。宗右衛門から嫁入りを急《せ》かされて、お美代が落ち込んでいることを思い出したのだ。

裏木戸に向かいながら、そういえば、今日はまだお藤の顔を見てないな、と気が付く。

さっきは、お澄《すみ》ばあさんが朝餉《あさげ》の膳部《ぜんぶ》を運んできた。古くから井筒屋に住み込んでいる下女である。

普段は、お澄に任せず、お藤が運んでくるのだ。

（鯖之介といい仲になったから、おれのことは、どうでもよくなったかな？）

それなら結構だと思う一方、それが原因で宗右衛門との間に悶着が起こらなければいいが、と心配になる。

二

愛之助が歩いて行く。

気を遣っているのか、松蔵と三平は、かなり距離を置いて、愛之助の後ろを歩いている。

これならば、三人が道連れだと思う者はいないであろう。あたかも、松蔵と三平が愛之助をつけているような格好である。

ところが……。

松蔵たちの更に後ろには、愛之助をつけている者がいた。職人風の男である。その者の存在に、愛之助も松蔵も三平もまったく気が付いていない。


検校の屋敷に着き、案内を請うと、奥から香澄が出てくる。

「愛さま、早いのね」

笑顔を見せるが、愛之助の背後に松蔵と三平がいるのに気が付くや、笑顔を消して仏頂面になる。

「検校さまに会いたい。話があると伝えてくれないか」

「一人で？」

「ああ、おれ一人だ」

香澄が引っ込む。

しばらくして戻ってくると、

「お会いになるそうですよ」

「親分、すまないが、奥で検校さまと話してくる。ここで待っていてもらえないか」

「どうぞ、ごゆっくり」

松蔵と三平は玄関脇に退く。香澄も二人を屋敷内に招じ入れようとはしない。

香澄に案内されて廊下を渡っていきながら、検校にどう話したものかと愛之助が思いを巡らせていると、

「愛さまのお知り合い、何だか様子が変よ」

「ん？　鯖之介のことか」

「ええ。この頃、検校さまは全然外に出ないから、あの人も暇なんでしょうね。昨日も朝早くから、どこかに出かけていたわよ」

「朝早くから、な」

昨日は、お藤との逢い引きに出かけていたのだ、と愛之助にはわかっている。

「夕方、帰ってきたけど、すごく顔色が悪いから、どこか具合でもよくないんですか、と訊いたわ。どうでもいい人だけど、病気だったら、かわいそうだものね」

「病気だと？」

愛之助が怪訝な顔になる。出合茶屋に向かうときは、胸を張って自信満々に見えた。顔色もよさそうだったし、すこぶる元気そうだったが、その後で体調を崩したのだろうか……。

検校との話が終わったら、鯖之介の部屋を覗いてみよう、と愛之助は考える。

三

座敷の上座に検校がいる。

そばに仁王丸が控えている。

香澄が下がると、女中が茶と茶菓子を運んでくる。お世津《せつ》という大年増の醜い女である。真面目で口数が少ないことだけが取り柄という地味な女だ。

お世津は座敷を下がると、さりげなく隣室に入り、襖《ふすま》越《ご》しに聞き耳を立てる。

そんなことは検校も愛之助も気が付かない。

「実は……」

愛之助は、雨海藩の四人の藩士が脱藩して江戸に潜んでいるという話を検校に聞かせる。

「ああ、そうらしいな」

さして驚いている様子はない。すでに知っていたようである。

惜しみなく大金を使って情報を集めているのだろうと愛之助は察する。わが身を守ろうと必死なのだ。

それが悪いことだとは思わない。

御子神検校と言えば、とてつもない分限者《ぶげんしゃ》だと噂されているが、どれほど莫大《ばくだい》な財産があろうと、あの世に持っていくことはできない。生きているうちに使わなければ何の意味もないではないか。

「兄が雨海藩の藩主と交渉しているところです」

「ふんっ、おまえは安泰ということだな」

「四人が国元に引き揚げれば、検校さまも安泰となりましょう」

「それは、いつのことだ？」

「何とも言えませんが……」

「それまで屋敷に閉じ籠もっているしかないわけだな？」

検校が溜息をつく。外出しないと、金貸しの商売に差し支えて、みすみす儲けが消えてしまうのだ。

「ところで……」

しばらく江戸を離れようかと思います、早ければ明日にでも発つつもりです、と愛之助が言う。

「どこに行くのだ？」

「箱根を考えていますが」

「気楽な奴だ。こんなときに温泉に行こうとは……。どうせなら、その四人、おまえが斬ってしまえば、どうだ？　何なら、天河と二人でやればいい。うまくいったら褒美を出そう」

「ほう、いくら下さるのですか？」

「一人十両として、四人だから四十両出そう」

「それは安い」

愛之助が笑い、それなら、伊勢町でわたしを襲ってきた渋沢という男を斬ったから、その十両もいただけますか、と訊く。

「あの男を斬ってくれと頼んだ覚えはない」

検校は素っ気なく答える。

そういう会話を隣室でお世津が聞いている。

ひと言も聞き洩らすまいと真剣な表情である。

四

「入るぞ」

声をかけて、愛之助が引き戸を開ける。

相変わらずむさ苦しい部屋である。

じめじめして暗い部屋だ。

鯖之介が布団をかぶって寝ている。

愛之助が布団の横に腰を下ろす。

「おい、寝ているのか？」

「……」

「それとも、昨日、うまくいかなかったのか？」

「何だと？」

鯖之介が布団を蹴り上げて、体を起こす。

「どういう意味だ？」

「別に深い意味はない」

「昨日のこととは何だ？」

「お藤と出合茶屋に行ったのではないのか？」

「なぜ、知っている？」

「おまえたちが二人で歩いているのを見かけた。池之端仲町の方に歩いて行ったな。出合茶屋に行ったのだろう」

「そうか、見たか……」

「なぜ、そう落ち込んでいる？　お藤がよくなかったのか。まあ、大年増だから……」

「そうではない。違うのだ……」

おれが悪い、おれが……と鯖之介は昨日の顚末《てんまつ》をぽつりぽつりと語る。

「その最中に使い物にならなくなったのか」

噴き出したくなるのを必死に堪え、何とか表情を取り繕って、

「そう落ち込むな。男のあれも刀と同じだ。手入れもせずに放り投げておけば錆《さ》びついてしまう。錆びた刀は、いざというときに役に立たぬ。こまめに手入れをすれば、まだ若いのだし、いい刀に戻る」

「手入れというのは……？」

「もっと女を抱けということだ。出合茶屋でゆっくり素人女とまぐわうのと、莫蓙の上で夜鷹とせわしなくまぐわうのでは、まるで違う。夜鷹買いなど、女を抱いているとは言えない」

「つまり、もっと金を使って、いい女を抱かなければ駄目だということか？　そうすれば、いい刀になるのか？　長持ちするようになるのか」

「ちょっと違う気もするが、まあ、大筋は、そういうことだな」

愛之助がうなずく。

「おれだって、そうしたい。吉原とは言わぬが、せめて岡場所くらいには行きたかった。しかし、どうにもこうにも金がなくて……」

鯖之介ががっくりとうなだれる。

「金か。そう言えば……」

四人の刺客を返り討ちにすれば、褒美を出すと検校が話していたな、と愛之助が言う。

「褒美？　いくらだ？」

「一人十両、四人で四十両と言っていたな」

「何だと、四十両」

鯖之介の目がきらりと光る。

「おいおい、本気にするなよ。相手も腕に自信のある者たちだろう。わずか四十両のために、そんな奴らと斬り合いをするのは割に合わぬ」

「四十両は大金だ。わずか、などと言うな」

鯖之介が怒る。

「命のやり取りをする値段にしては安いさ……」

事が収まるまで、検校は屋敷から出ないと言っているし、おれはしばらく江戸を離れて箱根に行くつもりだ、と愛之助が言う。

「それがいい。君子危うきに近寄らず、だな。危ない場所から離れているのが最も賢いやり方だ。すぐに江戸を出るのか？」

「そうしたいところだが、まず、片付けなければならないことがある。それが済んだら、江戸を発つ」

「そんなに大事なことなのか？」

「うむ……」

高見沢圭次郎に吉久美が強請《ゆす》られている話をする。

それを聞くと、

「何という卑劣な奴だ。そんな奴が旗本面をして威張っている。しかも、強請り取った金で博奕を打つとは……。世も末だな」

鯖之介が立ち上がり、及ばずながら、おれも手伝うぞ、と言う。情けないところもあるが、根は一本気で正義感に溢《あふ》れた男なのである。

「おまえには、おまえの仕事があるだろう」

「検校さまが屋敷に閉じ籠もるのなら、おれの出番はない。ちょっとくらい外歩きしても怒らんだろう。おまえを一人歩きさせる方がよほど心配だ。で、どうやって、そいつを懲らしめるんだ？」

「まだ何も考えていない」

「どこの賭場だ？」

「うむ……」

先達て、圭次郎をつけたときに、圭次郎が入っていった旗本屋敷について説明する。

「あそこか」

鯖之介は、すぐにピンときたらしい。鯖之介自身、一攫千金《いっかくせんきん》を夢見て博奕にのめり込んだ時期があり、その賭場に行ったこともあるという。今でも顔見知りがいるようだ。

「おまえは博奕など打たないだろうな？」

鯖之介が訊く。

「しない」

愛之助が首を振る。

「それでいい。おまえは女に不自由していない。剣も強い。家柄もいい。それで十分だ。十分すぎるほどだ。博奕まで強かったら、おれは許さん」

「わけのわからないことを言うなよ」

「とにかく、手を貸す。さっさと、その一件を片付けて、おまえを江戸から送り出す」

「いやに、張り切っているように見えるが」

「おまえと話して、もやもやが消えた。おれが悪いわけではないとわかった。いい女を抱けばいいのだろう。そのためにも稼がなければならぬ。今は懐にもいくらか余裕があるから、久し振りに賭場に顔を出すのも悪くない。うまくいけば、刺客どもを斬らなくても四十両くらいになるかもしれない」

「おいおい」

「さあ、行くぞ」

鯖之介の鼻息は荒い。

五

愛之助と鯖之介は裏から屋敷を出た。松蔵と三平を置き去りにしたわけである。吉久美の秘密を二人に知られるわけにはいかないからだ。

その直後、勝手口からお世津が現れて、そっと屋敷の外に出て行く。どこかに買い物にでも行くような足取りだ。さりげなく、その背後に男が張りついて歩調を合わせる。井筒屋から愛之助たちをつけていた職人風の男である。

「検校さまは、しばらく屋敷に閉じ籠もって、外には出ないそうです」

前を向いたまま、お世津が言う。

「……」

「麗門先生は江戸を出て、しばらく箱根で過ごすと話していました。早ければ、明日にも出立だそうですよ」

「……」

「それだけです」

「うむ」

男は追い抜きざま、お世津の手におひねりを握らせる。金の小粒が入っている。情報料というわけであろう。

六

愛之助と鯖之介は、肩を並べて、神田方面に向かって歩いている。

「なあ、やはり、最初は高見沢の屋敷に行くべきではないのかな？」

愛之助が言う。高見沢圭次郎の屋敷は番町にあるのだ。神田とは方向が違う。

「おまえは博奕にのめり込んだ者の心を知らぬ。おれには容易に想像できる。旗本だろうが御家人だろうが、小普請であれば、生活の苦しさに違いはない。おれは強請などしたことはないが、強請ることのできる相手がいればやったかもしれない。博奕どころか、日々の食い物にも事欠くような有様になったから、つまり、賭場に持っていく金すらなくなったから、おれは賭場から遠ざかった。高見沢は、おれより、いくらかましな暮らしなのだろう。だから、かえって深みにはまっているのだ。深みにはまると、日夜、博奕のことばかり考えるようになる。賭場が開けば、すぐに出かけていき、素寒貧になるまで居座り続けるような生活を続けているのに違いない。それ故、今頃は屋敷ではなく、賭場にいるはずだ」

鯖之介は自信満々なのである。

「そういうものか」

賭け事に興味のない愛之助には、博奕をする者の心理などわからない。鯖之介の説明を聞いて、なるほど、と納得した。圭次郎のいそうな場所にしても、屋敷と賭場くらいしか思いつかないから、賭場にいなければ屋敷に出向くだけのことである。

やがて、賭場が開帳されている旗本屋敷に着く。

先達て、圭次郎が入っていった屋敷だ。鯖之介も何度か遊んだことがあるという。この界隈では、そこそこ知られている賭場らしい。

「おまえは、ここで待て」

賭場では一見の客を嫌う。

鯖之介の連れだとしても、鯖之介自身、最近は足が遠のいているから、そう簡単に信用してもらうことができず、胴元が愛之助についてあれこれ質問するかもしれない。それは好ましいことではない。

「おれに任せろ。賭場にいたら、うまく連れ出してやる。で、高見沢だが……」

圭次郎がどんな見た目をしているか、鯖之介が事細かに質問する。

「あばた面で、だらしなく太った奴か。背丈は、おれたちよりいくらか低く、年齢はおまえと同じ……。戦国の世であれば、あっという間に戦場で殺されそうな奴だな。太平の世だから生きていられる。何の鍛錬もせず、ただ無駄に生きていて、その揚げ句、強請《ゆすり》などしている」

許せぬ、と吐き捨てるように言うと、ここで待っていろ、と鯖之介は旗本屋敷に向かって歩いて行く。

その後ろ姿を見送りながら、

（こういうときは頼りになるなあ）

と、愛之助は鯖之介を見直す思いがする。情けないところもあるが、友情には厚く、心から信頼できる男でもある。だからこそ、愛之助も吉久美の秘密を簡単に打ち明けたのだ。

物陰に身を潜めて、屋敷の様子を窺うことにする。

しばらくすると、屋敷から人が出てくる。

（む？）

愛之助が注目したのは、その男にどことなく見覚えがあったからだ。誰だったかな、と首を捻っているうちに思い出した。

先達て、帰蝶に斬れ、と指示された男である。

三十過ぎくらいの貧しげな身なりの男で、そのときは子供と一緒だった。

帰蝶は子供も一緒に斬れというのが命令だ、と言った。

愛之助は拒否した。

翌日、帰蝶は愛之助を日本橋南・富島町に連れて行った。金松屋という呉服問屋に盗賊が押し込み、家人や奉公人が殺され、家は放火で焼けた。

昨今、世間を騒がせている「煬帝」一味の仕業だという。

そのとき、帰蝶は、昨日、あの男を斬っていれば、この押し込みはなかった、と言った。

それがどういうことなのか愛之助にはわからなかったし、帰蝶も詳しくは説明しようとしなかった。

その男が目の前にいる。今日は、こざっぱりした格好で、無精髭も伸びておらず、月代もきれいに剃《そ》られている。

だから、すぐにはわからなかったのだ。

(いったい、何者なのだ?)

圭次郎の件でここにいるのでなければ、その男の後をつけたいくらいである。

そうもいかないので、じっと男が歩き去るのを見送るしかない。

七

「遅いですね、先生は」

三平が首を捻る。

「そう言えば、そうだな……」

松蔵はうなずくと、おめえ、ちょっと中に行って、まだ時間がかかりそうか、さっきの女中に訊いてきな、と顎をしゃくる。

へい、と三平が小走りに検校の屋敷に入っていく。

すぐに戻ってきて、

「とっくにお帰りになったそうです」

「何だと？」

「どうも裏から出たらしくて」

「……」

「置き去りにされちまいましたね。どうします？」

「何か事情があるんだろうよ。このまま江戸を出るってことはないだろうから、伊勢町に戻るだろう。井筒屋で待つのがよかろう」

松蔵は、怒るでもなく、落胆するのでもなく、普段と変わらぬ様子である。無表情に歩き始める。

八

神田旅籠《はたご》町には、その町名の通り、多くの旅籠が軒を連ねている。日々、旅人の出入りが激しいので、見知らぬ者がいても、それを気にする者はいない。他の町では、そうはいかない。

雨海藩からやって来た四人の刺客、すなわち、三笠清十郎《みかさせいじゅうろう》、穴吹重蔵《あなぶきじゅうぞう》、石田忠三郎《いしだちゅうざぶろう》、熊川佐一郎《くまかわさいちろう》の四人も数日前から、この町の旅籠に腰を落ち着けている。

三笠清十郎が最年長で三十六歳、穴吹重蔵は三十一歳、石田忠三郎は二十八歳、熊川佐一郎は二十四歳である。

穴吹重蔵、石田忠三郎、熊川佐一郎の三人は、故郷では入牢していた。それぞれに深刻な問題を起こし、裁きを待つ身だった。重い処分を受ければ、家は改易、その罪は家族にまで及ぶ。軽い処分でも、本人が切腹を申しつけられるのは確実である。

つまり、どう転んでも、遠からず死ぬ身なのだ。

思いがけず、生きる望みが生まれた。

江戸留守居役・芹沢掃部介の失態のおかげである。

掃部介は役を解かれ、藩に呼び戻された。

護衛を務めていた渋沢荘一郎は、掃部介の無念を晴らそうと、脱藩した上で愛之助に戦いを挑んだものの、返り討ちにされて死んだ。

藩では大騒ぎになった。

詳しい事情がわかるにつれ、どうやら掃部介にも非があるらしいとわかったものの、どういう事情があるにせよ、雨海藩が江戸で笑いものにされたのは事実だったから、掃部介と悶着を起こした御子神検校と、荘一郎を斬った愛之助を成敗しなければならぬ、と声高に叫ぶ者が多かった。

所詮、時代遅れの田舎藩なのである。

藩の名誉など、江戸に住む者たちにとっては鼻くそほどの意味もないということがわからない。

仕返しに、御子神検校と愛之助を討ったとしても、野暮なことをする、と鼻で嗤《わら》われるだけだということもわからずムキになっている。

そんな愚かな藩でも、さすがに江戸市中で斬り合いをすれば、ご公儀から藩がお咎めを受けるということくらいはわかる。

刺客を送るにしても、藩とは無縁の者だという体裁を整えなければならない。脱藩させて、江戸に送るのである。

騒ぎが大きくなったら、

「わが藩とは関わりのない者たちでございます」

と逃げを打つつもりなのだ。

誰もが望むことではない。

いや、嫌がるであろう。自分の経歴にも家門にも傷が付くからだ。

穴吹重蔵、石田忠三郎、熊川佐一郎の三人は先のない身である。いずれ切腹させられると決まっている。

それが、脱藩して、御子神検校と愛之助を討ち取れば、ほとぼりが収まった頃、藩に戻す、これまでの罪は問わぬ、と甘い言葉を囁かれれば否応もない。何としてでも、その二人を討ち取ってやろうと肩に力が入るのは当然である。

三笠清十郎は罪人ではない。三人の目付という役どころだ。三人をうまく使って御子神検校と愛之助を討ち取れば出世が約束されている。

言うまでもなく、この四人は腕は立つ。刺客としての最重要の条件は剣技に優れていることなのだ。

今、四人は焦っている。愛之助の兄・雅之進が藩主に圧力をかけているからだ。

雅之進は北町奉行という要職にあり、幕閣の要人にも顔が利く。いずれ藩主も腰砕けになり、刺客団に帰郷を命ずるであろう。

だが、そんなことになれば、困るのは、この四人、特に罪を受けている三人である。何もせずに帰藩すれば、また牢屋に戻されてしまうからだ。藩主から中止命令が届かないうちに、何としても御子神検校と愛之助を討ち取らなければならぬ、と心に決めている。

「失礼いたします」

廊下から声がする。

四人が顔を引き締める。

部屋に入ってきたのは、お世津から情報を買った職人風の男である。

「おう、半二《はんじ》か。入れ。何かわかったか？」

三笠清十郎が訊く。

「はい……」

半二は雨海藩の江戸屋敷に出入りする植木職人で、年齢は三十代半ばくらい、若い頃には荒れた生活を送っていたこともあり、腹は据わっている。そんな男だから密偵紛いのことも平気でできるのだ。

部屋に入ると、声を潜めて、お世津から聞いた話をする。

すなわち、検校は事が収まるまで屋敷に閉じ籠もると決めたこと。

愛之助は江戸を出て、箱根に向かうこと。

早ければ明日にも出立すること。

しかも、十手持ちと下引きらしい二人の男がくっついていることも付け加える。

「浪人を見張ればいいでしょうか？」

半二が訊く。

「そうだな。屋敷に閉じ籠もっている検校を見張っても仕方あるまい。浪人の方を頼む」

「では」

半二が一礼して部屋から出て行く。

「さて、どうしたものか……？」

三笠清十郎が首を捻る。

「検校は後回しでしょう。まさか屋敷に討ち入るわけにもいかぬでしょうから」

穴吹重蔵が苦笑いをする。

「江戸にいるのであれば、いつかは屋敷から出てくるはずです。むしろ、箱根に逃げようとする浪人を討つべきではないですか」

最年少の熊川佐一郎が膝を乗り出す。

血の気の多い男なのである。

剣術の腕は優れているが、短気で思慮が浅い。

罪を受けたのも、些細なことで同輩と口論になり、相手を斬り殺してしまったせいなのである。

「一人ではないというぞ。十手持ちと下引きが一緒だとか」

石田忠三郎が言う。

「一緒に斬ってしまえばいいのです」

熊川佐一郎は鼻息が荒い。

「さすがに、それは、まずい」

三笠清十郎が首を振る。

「できるだけ人目のないところでやらねばなりますまい。渋沢殿は伊勢町の往来の真ん中で刀を抜いたそうですが、あれはまずかった」

穴吹重蔵が言う。

「うむ、そうだな。せめて相手を斬れば格好もついたのだろうが、返り討ちにされたのでは恥の上塗りだ。しかも、丸腰の相手を斬ろうとしたのだから目も当てられぬ」

三笠清十郎がうなずく。

「いかにして人目のないところに誘《おび》き出《だ》すか、それが難しいところですね。相手も警戒しているでしょうし」

石田忠三郎が言うと、

「そうだ、いい考えがあります」

熊川佐一郎がぽんと自分の膝を軽く叩く。

「何だ？」

三笠清十郎が顔を向ける。

「魚釣りでございますよ」

「ん、魚釣りだと？」

「うまい餌を針につければ、魚は食いついてくるものです。浪人の家族をさらえば、嫌でも、こっちの指図した場所にやって来るはずです」

「家族といっても……。確か、独り者で、妻も子もいないはずだが」

三笠清十郎が首を捻る。

「兄がいると聞きました。兄には親も妻子もいるのではないですか？」

「馬鹿を言うな。その浪人の兄は、うちの殿と差し向かいで話ができるほどの身分なのだ。その家族に手を出したら、わしらだけではなく、殿にまで累が及びかねぬわ」

「しかし、案外、悪い考えではないような気がします。要は、誰を餌にするのかというだけのことですからな。家族でなくても、その浪人の身近にいる者であればよいのではないでしょうか」

穴吹重蔵が言うと、

「……」

三笠清十郎が腕組みして考え込む。

九

愛之助は木立の中に身を潜めて、旗本屋敷の様子を窺っている。鯖之介が屋敷に入ってから、すでに一刻（二時間）ほど経っている。いったい、どうなっているのだろうか、と気を揉んでいる。

（む）

門の横の潜り戸から鯖之介と圭次郎が出てくる。何やら親しげに談笑しながら、連れ立って歩き出す。

（あいつ、どんなやり方をしたのだろう）

愛之助は驚きつつ、二人の後を追う。

鯖之介と圭次郎は上野の方に歩き、やがて、下谷広小路に出る。そこまで来て、

（これは、鯖之介とお藤が歩いていた道ではないか……）

と気が付く。

まさか男二人で不忍池のそばにある出合茶屋に行くわけでもあるまいが、と愛之助が首を捻る。

この時代、男色は、さほど珍しくはないが、鯖之介が色仕掛けで圭次郎を誘ったとは思

えない。想像するだけで、ちょっと背筋が寒くなる。

池之端仲町を過ぎて、人気のない淋しい場所に出ると、いきなり、鯖之介が圭次郎の鳩尾《みぞおち》に当て身を入れる。うっ、と呻《うめ》いて膝から崩れ落ちる。苦しくて声を出すこともできないようだ。

鯖之介は圭次郎の襟首をつかみ、物陰に引きずり込む。

「おい、こっちに来いよ」

鯖之介が愛之助に声をかける。一度も振り返らなかったが、愛之助がつけているとわかっていたらしい。

愛之助が小走りに近寄る。

「どうだ、うまくやっただろう」

鯖之介は自慢気だ。

「どうやって連れ出した？」

「なあに、造作もない。面白い素人博奕をさせる家があると誘ったのさ」

「なるほど、博奕か」

「さあ、こいつをどうする？」

「……」

愛之助が圭次郎を見下ろす。

近くで見ると、顔にも体にも贅肉がついてたるんでいる。妙に白っぽい顔で、なよなよした感じがする。それを見るだけで、肉体の鍛錬など何もしていないのだろう、と察せられる。

かと言って、学問に励んでいるわけでもなさそうだ。剣術や学問に精を出していれば、朝っぱらから賭場に出かける暇などないはずである。

「おれが誰だかわかるか？」

「……」

怪訝な顔で、圭次郎が愛之助を見上げる。

「愛之助だよ」

「ああ、猪母真羅か」

圭次郎がにやりと笑う。

「嫂上を強請っているだろう」

「吉久美殿のことか。強請っているつもりはない」

「昔話をネタにして金を無心しているそうではないか」

「久し振りに会って昔話をしたら、どういうわけか、吉久美殿が金をくれるというから、もらっただけさ」

「それを強請というんだよ」

「嘘はついてない。ただ吉久美殿にとっては、思い出したくないことだったらしく、誰にも言わないでくれと頼まれたから承知した。その見返りに礼をもらっただけだ」

「出合茶屋にも誘ったそうではないか」

「無理強いはしていない」

圭次郎が舌打ちする。次第に落ち着きを取り戻して、生来のふてぶてしさが顔を出してきたようだ。

「吉久美殿を強請ったと訴え出るつもりか？　いいさ、好きにしろ。陸奥守《むつのかみ》殿（雅之進）は偉くなりすぎて、おれなんかには洟《はな》も引っ掛けてくれやしない。話を聞いてもらうこともできず、門前払いだ。ふんっ、若年寄さまの前で何もかも話してやる。おれは吉久美殿の口を吸い、胸を揉んだことがある。古い話だとしても本当のことだ。陸奥守殿がどんな顔をするか楽しみだ」

「訴えるつもりはない。自分の手で片を付ける。先達て、ある藩の重役と揉め事が起きた。おれは、その重役の髷を切り落とした」

「髷を……」

「後日、その重役を護衛していた武士がおれを襲った。重役の恥を雪《すす》ぐため、おれを殺して、自分も腹を切ると息巻いていた。丸腰で危ないところだったが、何とか、その男を返り討ちにして、おれは今でもこうして生きている」

「ま、まさか、おれを斬るつもりか？」

　圭次郎の顔色が変わる。怯えている。

「自分や自分の身内を守るためであれば、おれは何でもする。相手が誰であろうと容赦しない」

　愛之助が美女丸を抜く。美女丸の峰を圭次郎の首に当てる。次いで髷《まげ》に当てる。

「おまえを斬るのは簡単だ。どっちがいい？」

「待ってくれ。わかった。もうやめる。だから、勘弁してくれ。二度と吉久美殿には会わない。本当だ。約束する」

「……」

　これだけ脅せば十分だろうか、と思案し、愛之助が美女丸を鞘に収める。

　が、

「嘘をつくな」

　鯖之介が口を挟んでくる。

「この男は嘘をついている。何とか、この場から逃れようと口から出任せを並べているだけだ。騙されてはならんぞ」

「そんなことはない。ちゃんと約束する」

　圭次郎が必死に訴える。

「ならば、訊こう。おまえは博奕をやめることができるか？」

「そ、それは……」

「できまい。さっき賭場でおまえが賭けるのを見た。おまえは、いいカモだ。もう借金で首が回らなくなっているはずだ。違うか？」

「……」

「賭場に顔を出している間は、うるさく催促もされないだろう。借金が膨らんでいくからな。しかし、賭場に足を向けなくなった途端、あいつらは借金の取り立てにやって来る。どうするつもりだ？」

「あ……いや、そんなことには……」

「そんなことにはならないと言うのか？　違うな。そうなるんだよ。追い詰められ、金を払わなければ殺すと脅されれば、おまえはまた吉久美殿を思い出すはずだ。おれには、よくわかるのさ。博奕に取り憑《つ》かれた人間の考えることが、な」

「どうすればいい？」

　愛之助が訊く。

「このまま行かせては駄目だ。かと言って、髷を切り落とすのも、まずい。賭場どころか、外にも出られなくなるからな」

「すると……」

「ここで殺してしまうのが手っ取り早い。死んでしまえば、賭場の借金もチャラになるから、こいつの家族にとってもいいだろう」

「待ってくれ。頼む。命だけは助けてくれ」

「立て」

「……」

　圭次郎は真っ青な顔で震えている。

「立たねば、その姿で斬るぞ」

「わ、わかった」

　よろよろと立ち上がる。

「命だけは……」

「裸になれ」

「え？」

「丸裸になれ。そうすれば命を助けてやろう」

「本当か？」

「髷は切らぬ。命も取らぬ。他の形で恥辱を与える。だから、丸裸になるのだ。下帯も取るのだぞ」

「そういうことなら……」

いくらかホッとした様子で、圭次郎が着ているものを脱ぎ始める。

なるほど、天下の旗本が丸裸で放り出されるのは、この上ない恥辱であろう。どうやって屋敷に帰ればいいのか悩むだろうな……愛之助が考える。

それでも、髷を切り落とされたり、殺されたりするよりは、ずっとましだから、圭次郎も安堵しているのか、いくらか表情に余裕が生まれている。

「脱いだ」

「うむ」

鯖之介がじろじろと圭次郎の裸身を眺める。黒々とした陰毛の中に陽根が縮こまっている。惨めなほどに小さく、せいぜい親指ほどの大きさしかない。陽根の下にだらりと、ふたつの睾丸がぶら下がっている。

と、いきなり、鯖之介は小刀を抜くと、睾丸のひとつを、スパッと切り裂く。

うわっ、と叫び、両手で睾丸を押さえて、圭次郎が地面にひっくり返る。指の間から、だらだらと血が流れる。どろりと白濁した液体が血に混じっている。

「どうだ、これで子供を作るのは大変になるぞ。女を抱くのも苦労するだろう。だが、忘れるな。また吉久美殿の前に現れたら、次は、もうひとつも切る。ついでに陽根も切り落とす。たとえ仕官できたとしても、おまえは宦官《かんがん》ということになる」

懐紙で小刀の血を拭いながら、鯖之介が圭次郎を冷たく見下ろす。

十

肩を並べて歩きながら、

「おまえは、すごい奴なんだな」

愛之助が感心する。

「それは褒め言葉なのか？」

「ああ、おれでさえ恐ろしくなったほどだ。それほどの男が、なぜ、お藤を抱けなかったのか……それが不思議だ」

「思い出させるなよ」

「お礼に『うずら』でごちそうしよう。酒でも料理でも」

「今夜は、よそう」

「なぜだ？」

「雨海藩の件が片付いていない。外で飲むのは控えた方がいい。帰り道、酔っているところを襲われたら、大変だ。どれほど剣が達者でも、酔えば腕が鈍る」

「礼がしたいんだ」

「それなら井筒屋でうまい酒を買ってくれ。検校さまの屋敷に戻ってから飲む」

「それでいいのか？」

「ああ、十分だ」

鯖之介がうなずく。

十一

鯖之介が遠慮するので、真っ直ぐ井筒屋に帰ることにした。

（ん？）

愛之助が怪訝な顔になる。

店先に人だかりができている。何かあったのだろうか、と人だかりをかき分けて店に入る。

番頭の松之輔がぼんやりした顔で坐り込んでいる。

「おい」

と声をかけても、すぐには気が付かない。

もう一度、大きな声で呼びかけると、ようやく顔を上げる。

「あ、先生……」

愛之助を見ると、松之輔の目に涙が溢れてくる。

「どうしたんだ？」

「奥に……旦那さまたちが、それに親分さんも……」

松之輔の言葉を聞き終わらないうちに、愛之助が店の奥に入る。鯖之介もすぐ後ろに続く。

お藤の金切り声が響く。

「少しは落ち着きなさい」

それを宥める宗右衛門の声も聞こえる。

「どうして落ち着いていられるんですか」

お藤が逆上する。

座敷を覗くと、宗右衛門、お藤、松蔵の三人がいる。

「お帰りですか」

愛之助に気が付くと、苦い顔をして坐り込んでいた松蔵が腰を上げて、廊下に出てくる。

「何があった？」

「ここの娘さんがさらわれちまったみたいなんです」

「お美代が？」

「ええ、稽古事の帰り、堀端を歩いているところを四人の男たちに襲われたらしく、駕籠に乗せられてどこかに連れて行かれたって話でして」

「幹太が一緒だったはずだが？」

「ああ、小僧ですね。殴られて気を失ったようです。目が覚めたときには誰もいなくて、大慌てで店に帰ってきました。小僧に案内させて、すぐにそこに行ってみましたが、何もわかりません。運悪く、さらわれるのを見ていた者もいないようでして」

今も三平に聞き込みをさせていますが、これといった手がかりは何もありません、と松蔵が説明する。

「運が悪かったわけではない。人気がないところを狙ったのだ」

鯖之介が言う。

「そう思うか？」

愛之助が肩越しに振り返る。

「たまたま、すれ違った娘をさらったという感じではない。駕籠まで用意していたというのだから、最初から、お美代を狙っていたのだろう」

「なぜ、お美代が狙われる？」

「こんなことは言いたくないが、見栄えのいい娘というのは狙われやすいのだ」

「何ですって」

鯖之介の言葉を耳にして、お藤が飛び出してくる。

「誰かがお美代に目をつけていたというんですか」

「いや、まだ何もわからぬが……」

「今頃、お美代は男たちの慰み者にされているのかも……」

お藤が白目をむき出し、口から泡を吹いて仰向けにひっくり返る。

「おい、しっかりしろ」

愛之助が声をかけるが、お藤は気絶している。

「あっちに運ぼう。手を貸してくれ」

「うむ」

愛之助と鯖之介が二人がかりでお藤を奥に運び、

「布団を敷いてくれ」

と、宗右衛門に声をかけるが、宗右衛門はぼんやりしているだけだ。

「おれがやる」

鯖之介がてきぱきと布団を敷く。

そこに、お藤を寝かせる。

宗右衛門は呆けたような顔で、布団の傍らにぺたりと坐り込む。

「そばにいてやってもらえるか？」

「わかった」

うなずくと、鯖之介が宗右衛門のすぐ後ろに腰を下ろす。

愛之助が松蔵を促して廊下に出る。

「平四郎に頼んで人手を出してもらってくれぬか」

平四郎というのは北町奉行所の同心・水沼平四郎のことである。

「先生の頼みとあれば、いくらでも手を貸して下さるでしょうが……」

松蔵は煮え切らない返事である。

「何か、まずいことでもあるのか？」

「正直、捜すのは難しいと思います」

「何もせずにいることもできぬ」

「それに先生は、明日……」

「それは無理だな」

「え」

「こんなときに、のこのこ箱根になど行けるものか。お美代が無事に帰ってからの話だ」

「困りましたな。わしが叱られちまいます」

「おまえのせいではない。お美代をさらった奴らが悪いのだ」

「ひとっ走り、番所に行ってきます。先生のお考えを、水沼さまに伝えます」

「そうしてくれ」

愛之助がうなずくと、松蔵がそそくさと玄関に向かう。

奥に戻ると、お藤が寝込んでいる傍らで、宗右衛門が肩を震わせて噎《むせ》び泣《な》いている。

「……」

鯖之介が顔を上げて愛之助を見遣り、小さく首を振る。自分にできることは何もない、と言いたいのであろう。

それは愛之助も同じだ。松蔵を奉行所に走らせはしたものの、たとえ人手を出すことになったとしても、それでお美代が見付かるとは思えない。江戸は広いのだ。いくら大勢で捜したところで、何の手がかりもないのでは、時間の無駄であろう。それは百も承知だが、それでも何かをせずにいられないのが今の愛之助の気持ちなのである。

(三平が何かつかんでくれれば……)

それが一縷《いちる》の望みである。

四半刻(三十分)ほどして、その三平が戻ってきた。

「どうだった?」

「いや、何も……」

すみません、と三平が申し訳なさそうに頭を下げる。

「そうか。ご苦労だったな。休んでくれ」

「親分がいないようですが」

「番所に行ったよ。平四郎に人手を出すように頼んでもらう」

「この時間だと、水沼さまもお屋敷に帰ってるんじゃないでしょうか。何か手伝えることがあるかもしれませんから、おれも番所に行ってみます」

「すまんな」

「とんでもない」

首を振ると、三平がそそくさと出て行く。珍しく真剣な表情である。

十二

そろそろ町木戸が閉まるという頃になると、井筒屋の店先に集まっていた野次馬も家に帰ってしまった。

早めに店仕舞いし、松之輔が戸締まりを終える。

家の中は、しんと静まり返っている。

松之輔は通いなので、いつもは店仕舞いすると宗右衛門に挨拶して帰宅する。

しかし、今夜は店に残ろうと決めている。宗右衛門とお藤の落ち込んでいる姿を見れば、自分がそばについていて、二人を支えてやらなければ、と思うのであろう。

帳場の明かりを消し、奥に行こうとすると、潜り戸を叩く音が聞こえる。誰だろうと思いながら、松之輔が潜り戸を開ける。明かりを消してしまったので、相手の顔がよく見えない。月明かりだけが頼りである。見覚えのない男なので、松之輔が訝しげに首を捻る。

「申し訳ありませんが、もう店仕舞いしてしまいまして……」

「麗門先生に伝言を持ってまいりました」

半二である。雨海藩の刺客たちに手を貸している男だ。

「先生に？　失礼ですが、どなたさまからで……」

「本人に直に伝えてくれと頼まれたんです。いるなら呼んでもらえませんか？」

「……」

言葉遣いは丁寧だが、どことなく強引な感じがして、松之輔は顔を顰める。

「急いでるんですがね」

「少々、お待ちを」

一旦、潜り戸を閉めて、松之輔が奥に行く。

愛之助と鯖之介が壁にもたれて坐り、何やら話をしている。開け放たれた襖の向こうに、寝込んでいるお藤と、その傍らで、肩を落として坐り込んでいる宗右衛門の姿が見える。

「先生にお客です」

「おれに？　誰だ」

「さあ、名乗らないのでわかりません。伝言を持ってきたとか」

「松蔵からの伝言かもしれんな」

愛之助が立ち上がり、廊下に出る。

「どんな様子でしょうか？」

後からついていきながら、松之輔が訊く。

「見ての通りさ。すっかり気落ちしてるよ。もう帰るのか？」

「今夜は店に残るつもりです」

「そうか。二人があんな様子だから、あんたが残ってくれれば心強い。そばにいてやってくれ」

「はい」

「その客ってのは、裏にいるのか？」

「いいえ、表の潜り戸のところにいるはずです」

「わかった」

うなずくと、愛之助が廊下を渡っていく。

潜り戸を開けて外に出る。誰もいない。おかしいな、と首を捻ると、

「麗門先生ですか？」

暗がりから半二が出てくる。

「そうだが。何か、おれに伝言があるそうだな。松蔵からか？」

「いいえ、違います」

半二が首を振る。

「こう伝えるように言われました。本舟町の先に江戸橋がある。その橋を渡ると大きな蔵屋敷がある。その裏に寂れた寺がある。住持もいない捨てられた寺だ。夜明けにそこに来い、と」

「ふうむ、あの蔵屋敷の裏か。本材木町《ほんざいもくちょう》の一丁目あたりだな」

半二の説明を聞いて、愛之助には場所の見当がついた。

「まだ続きがあります」

「言え」

「堀端沿いに歩けば、町木戸にぶつかることもないはずだから、決して遅れるな。そこに一人で来い。遅れたり、一人でなかったときは、娘の命はないと思え、と」

「この野郎」

愛之助が半二の胸倉をつかむ。

「おまえらがお美代をさらったのだな？」

「わたしは、ただの使い走りです」

「ふざけるな」

「わたしが無事に帰らないと、どうなるかわかるでしょう？」

「くそっ」

愛之助が半二を突き飛ばす。

「伝言、確かに伝えましたよ」

立ち上がりながら言うと、半二が小走りに闇の中に消える。

十三

愛之助が奥の部屋に戻る。

「松蔵からの使いだったか？」

鯖之介が訊く。

「うむ、そうだ。どうも、うまくいかないらしい」

「そうか。残念だ。しかし、実際のところ、こんな夜更けに人を出してもらっても捜しようがないだろうしな」

「うっ……」

宗右衛門が肩を震わせて噎び泣く。鯖之介の言葉が耳に入ったらしい。

「あ、すまん。余計なことを言ってしまった。そう心配するな。きっと無事でいる。夜が明けたら、みんなで手分けして捜そう」

「鯖之介の言う通りだ。あんたも横になった方がいい。少しでも寝ておかないと、明日、力が出ない」

　愛之助が言うが、

「寝られるものですか」

　宗右衛門が溜息をつく。

「たとえ眠れなくても、横になるだけでも疲れは取れる。すまんが布団を敷いてやってくれないか」

　愛之助が松之輔に頼む。

「承知しました」

　松之輔が腰を上げ、お藤の横に布団を敷く。

「さあ、旦那さま、横になって下さいまし」

「ああ……」

　気が進まない様子だが、みんながそうしろと言うので、宗右衛門は仕方なく布団に体を横たえる。

　しばらく溜息ばかりついていたが、やがて、宗右衛門の口から寝息が洩れ始める。やはり、疲れていたのであろう。

「眠ったようです」

　松之輔が安堵したように言う。

「先生たちも眠って下さい。ここには、わたしが残りますから」

「あんたも疲れているだろう」

「平気です」

「それなら交代で眠ることにしよう。おれたちが最初に眠らせてもらう」

愛之助が言う。

「それで結構ですが、どうか無理をなさらないで下さい」

「番所から使いが来たら起こしてくれよ」

愛之助と鯖之介が腰を上げ、部屋を出て離れに行く。

「布団は一組しかない。おまえが使ってくれ。わざわざ母屋から持ってくるのも面倒だ」

愛之助が鯖之介に言う。

「布団なんかなくても平気だ」

「おれは、もう少し起きているから、おまえが先に寝てくれということさ」

「何をするんだ？」

「すぐには眠れそうにないから赤本でも読む」

「おいおい、こんなときに貸本を読むのか？」

鯖之介が呆れたように言う。

「他にすることもない」

「それはそうだが……」

「あの二人のように寝込んでいるわけにもいかん」

「親が心配するのは当たり前だからな。周りの者がしっかりしなければ」

「うむ」

「わかった。じゃあ、おれが先に寝ることにしよう。おまえが眠くなったら遠慮なく起こしてくれ」

鯖之介が布団に体を横たえる。

愛之助は赤本を手に取り、行燈《あんどん》の傍らに坐り込む。

よほど寝付きがいいのか、すぐに鯖之介はいびきをかき始める。

十四

真夜中過ぎ……。

愛之助は行燈を吹き消し、そっと離れから抜け出る。背後では、まだ鯖之介のいびきが聞こえている。裏木戸を開けて外に出る。夜の空気が、身が引き締まるほど冷たい。

あたりは暗く、愛之助は提灯も持っていないが、勝手知ったる地元の町である。明かりがなくても、歩くのに、さほど不自由は感じない。

相手は、指定した場所に夜明けに来い、と言った。

場所の見当はついているから、そこまで行くのにかかる時間を考えると、井筒屋を出たのは、ちょっと早い。ゆっくり歩いて行っても、夜が明けないうちに着いてしまいそうだ。

しかし、それで構わない。

何もかも、相手の言いなりになるつもりはない。

遅れたり、一人でなかったりすれば、お美代の命はないと言われたが、早く着いたら殺すとは言われていない。

もっとも、早く着いて何をしようという思案もない。

相手は、お美代を人質に取り、愛之助を誘き寄せて殺すつもりなのであろう。

逆らえば、お美代を殺すと脅かされれば、愛之助としては黙って斬られるしかない。

（今日が、おれの命日になるのか）

お美代を見捨ててまで自分が生き延びたいとは思っていない。生きることに、それほどの執着はない。

ただ、相手の言いなりになって、犬ころのように斬られるのが、ちょっと口惜しいと思うだけだ。

そんなことを考えながら、愛之助は堀端を歩いて行く。もうすぐ江戸橋に着くはずだ。

（ん？）

愛之助が足を止める。

背後で砂を踏むような音がする。夜回りだろうかと振り返るが、提灯の明かりは見えないし、拍子木を打つ音も聞こえない。使いに来た男が井筒屋を見張っていて、後をつけてきたのだろうか、と愛之助は警戒して身構える。

が、暗がりから聞こえたのは、

「おれだよ」

という鯖之介の声である。

「おまえ、こんなところで何をしている?」

愛之助が緊張を緩める。

「それは、こっちの台詞だ。一人で何をこそこそしている?」

「……」

「呼び出しか? 雨海藩の連中だろう」

「知っているのか?」

「知るはずがない。しかし、想像はつく。井筒屋の娘をさらったのは、おまえを誘き出すためだな」

「そのようだ」

「相手が待ち伏せしているところに、のこのこ出かけていけば、斬られるだけだぞ」

「やむを得ぬ。おれが行かなければ、お美代が殺される」

「捕り方を手配すれば、どうだ？」

「相手を追い詰めれば、やはり、お美代の身が危ない。手配りするだけの時間もない」

「そうなると、二人でやるしかないわけだな」

「二人？　おまえは帰れ。一人で来なければ、お美代を殺すと言われている」

「どっちみち殺すつもりさ。おまえもお美代も」

「え」

「まさか、自分が死ねば、お美代は助けてもらえるなんて甘いことを考えていたわけではないだろうな？」

「……」

「苦労知らずの旗本の次男坊は、これだから困る。少しは兵法も学ぶべきだったな。人がよすぎるぞ」

「おまえは学んだのか？」

「当たり前だ。今時、剣術の腕が優れているくらいでは、役に就くことなどできぬ。人と違うことをやらなければならんのだ」

「ほう、そうだったのか」

「急ぐのか？」

「いや、まだ余裕がある」

「ならば、打ち合わせをする時間はあるわけだな。おまえが知っていることを、おれにも話せ。その上で、策を考える」

十五

寺の本堂で、三笠清十郎、穴吹重蔵、石田忠三郎、熊川佐一郎の四人が車座になっている。四人は、ほとんど眠っていない。横にはなったが、神経が昂《たかぶ》って、まったく眠ることができなかった。

穴吹重蔵は、さっきから徳利に入れた酒を盛んに飲んでいる。

「あまり飲み過ぎるな。もうすぐ夜が明ける」

見かねて、三笠清十郎が注意する。肝心なときに、酔って剣先が鈍ったのでは洒落《しゃれ》にもならないからだ。

「なあに、心配ご無用。この程度の酒で酔ったりはしませぬよ」

「酒でしくじった人の言葉とも思えぬ。少しは反省してはいかがですかな」

石田忠三郎が笑う。

穴吹重蔵は酒癖が悪く、小納戸役《こなんどやく》を務めているときも、仕事中に人に隠れてこっそり酒を飲むような真似をしていた。それを同輩に見咎められ、カッとなって、その同輩を斬ったのが入牢の原因である。酔うと頭に血が上り、前後の見境がなくなってしまうのだ。

「何だと、もう一度言ってみろ」

穴吹重蔵が刀に手を伸ばす。目が血走っている。

「おい、場をわきまえろ。ここでおかしな真似をしたら、おまえだけでなく、故郷にいる家族もただでは済まぬのだぞ」

三笠清十郎が二人の間に割って入る。

「ご心配なく。何もしませぬよ」

穴吹重蔵が刀から手を放す。

「藩の公金に手をつけるような阿呆を斬るのは刀の汚れですからな」

「……」

石田忠三郎がじろりと穴吹重蔵を睨む。

確かに公金に手をつけたことが理由で、石田忠三郎は入牢していた。

しかし、それには深い理由がある。自分が罪をかぶらなければ、家族、親類、友人、先輩が連座し、多くの者たちが泣くことになったはずである。そんな事情を酔っ払いに説明しても仕方がないと思い、口を閉ざして反論しない。

「酒と金か。まあ、悪くはないでしょうが、命を賭けるほど楽しいものなのですかねえ」

熊川佐一郎がにやりと笑う。

「女たらしは黙っていろ」

穴吹重蔵が、ちっ、と舌打ちする。

熊川佐一郎は美男である。町を歩けば、若い娘たちが必ず振り返ると言われたほどだ。女にモテるあまり、人妻に手を出したのが命取りになった。しかも、一人や二人ではない。事が露見すると、人妻が自ら命を絶ったり、怒り狂った夫が妻を手打ちにするという事件が続けざまに起こった。

この当時、不義密通は罪が重く、男女共に死罪に処せられるのが普通である。

それで熊川佐一郎は入牢した。

「何とでも言って下さい」

熊川佐一郎が肩をすくめ、麗門は来るでしょうか、と三笠清十郎に訊く。

「わからぬ。自分の命を惜しんで逃げ出すような奴なのか、それとも、娘を救うためにやって来るような男気のある奴なのか」

「男気かあ……」

熊川佐一郎が肩越しに振り返る。

後ろ手に縛られ、猿轡《さるぐつわ》をされたお美代が横倒しになっている。目が腫れ上がっているのは、拐《かどわ》かされてから、長い時間、泣き叫んだせいであり、顔色がひどく悪いのは、水も食べ物も一切口にしていないせいである。

「かわいい娘だけど、所詮、身内でもない赤の他人だし、間借りしている酒屋の娘の命と自分の命では釣り合わないから、わたしなら逃げるな」

「女たらしは、女のためには死ねないということか」

穴吹重蔵が嘲るように笑う。

「それなら、穴吹さんは酒のために死ねるんですか？」

「馬鹿なことを言うな」

穴吹重蔵が嫌な顔になる。

いきなり観音扉《かんのんとびら》が開いて、半二が飛び込んでくる。

「どうした？　何をそんなに慌てている」

三笠清十郎が訊く。

「あの男は酒屋を出ました。堀沿いに江戸橋の方に歩き出すのを見届けて、急いで戻って来ました」

「もう出たのか？　早いな」

「とても寝ていられないのでしょう」

「なるほど、ここに来るか。どうやら男気はあるらしい。ところで、麗門を斬ったら、あの娘はどうするのですか？」

熊川佐一郎が訊く。

「われらの顔を見られている。生きて返すわけにはいかぬな」

三笠清十郎が答える。

「やはり、そうなりますか。かわいそうになあ。まだ若いし、とてもきれいな子なのに」

熊川佐一郎が表情を曇らせて溜息をつく。

「馬鹿なことばかり言ってないで支度をしろ」

石田忠三郎が立ち上がり、身支度を始めようとしている。斬り合いになると予想して、戦いやすい格好になるのだ。汗が目に入らないように鉢巻きをし、袖が邪魔にならないように紐を使って襷《たすき》掛《が》けにする。同じように、股立ちを取って、袴が足の動きを邪魔しないようにする。

他の者たちも身支度をする。

片隅で半二がじっと佇んでいる。

「そんなものまで着込むつもりなのか？」

熊川佐一郎が鎖帷子を身に着けるのを見て、穴吹重蔵が目を丸くする。

「こっちは四人、向こうは一人なんだぞ」

「わたしは用心深い性質でしてね。皆さんほど、腕に自信があるわけでもありませんし」

「おいおい、道場では師範代を務めていたのではないか」

石田忠三郎が言う。

「木刀や竹刀で稽古するのと真剣での立ち合いは違うものだと思います。わたしは、今まで人を斬ったことがないんです。麗門を斬ることを命じられてから真剣で稽古していますが、真剣というのは、なかなか重いものなんですね。あまり長く振り回すのは無理だと思います。四半刻（三十分）くらいで腕が痺れてしまいますから」

「相手を斬ることより、自分の身を守ることを第一に考えるとは大した色男だな」

はははっ、と馬鹿にしたように穴吹重蔵が笑う。

「穴吹さんは腕に自信がありそうだから、麗門と正面から立ち合えばいいでしょう。隙を見て、わたしが麗門の背中を刺しますよ」

「本気で言っているのか？」

石田忠三郎が怪訝な顔をする。

「なぜですか？　麗門を討ち取ればいいんでしょう」

「三笠さん、どうなんですか？　こっちは四人で相手は一人なのに、その上、後ろから斬りつけるような汚い真似もしなければならないんですか？　そこまでやるのなら、女を殺すと脅して、麗門に刀を捨てさせればいいじゃないですか。丸腰の相手を斬るのは、たやすい」

石田忠三郎が訊く。

「わしらは麗門を殺せと命じられただけで、どんなやり方で殺せとまでは指図されていない。麗門を殺せば、罪を赦《ゆる》されて堂々と藩に帰参することができる。万が一、しくじれば、また牢屋に逆戻りだぞ。この期に及んできれい事を言う必要もなかろう」

鉢巻きを締めながら、穴吹重蔵が言う。

「そんなやり方をすれば、後々、雨海藩の名に傷がつくではないか。現に丸腰の麗門を襲って返り討ちにされた渋沢荘一郎は、江戸でいい笑いものになったと聞いた。しかも、相手は次男とはいえ、大旗本の倅だ。兄は町奉行だぞ。殺すにしても、世間から後ろ指を指されるようなやり方をするべきでない、とわしは思う」

石田忠三郎が強い口調で言う。正義感の強い男なのであろう。

「どうなんですか、三笠さん？」

熊川佐一郎が訊く。

決定権を持つのは、三人の監視役・三笠清十郎である。

「素手の相手を斬ったり、背中から斬りつけたり、そういう卑怯なやり方は謹んでいただく。三人がかりで、よもや不覚を取ることもあるまい。堂々と戦って麗門を斬り、首をもらって帰る」

「三人がかりか。なるほど、あんたは手を汚すつもりはないということですか。まあ、それならそれで結構。そもそも、三人だろうが四人だろうが、それで一人の相手を殺そうというのだから、すでに堂々とした戦いとは言えないと思いますがね」

ふんっ、と穴吹重蔵が鼻を鳴らす。

「わたしたち三人がやられそうになったら、三笠さんが麗門の背中を刺せばいいでしょう。いくら正々堂々と言ったところで、返り討ちにされたのでは、また雨海藩が物笑いの種になりますからね」

熊川佐一郎が吐き捨てるように言う。顔は少しも笑っていない。

十六

「そろそろだな」

三笠清十郎が立ち上がり、本堂の外を眺める。

まだあたりは暗いが、それでも東の空が微かに青白くなりつつある。もうすぐ夜が明けるであろう。

「行くか」

穴吹重蔵、石田忠三郎、熊川佐一郎の三人が外に出る。

「おい、立つのだ」

三笠清十郎がお美代の二の腕を引っ張る。

「息が苦しいのではないでしょうか。顔色が悪いようですが」

半二が言う。

「そうか」

三笠清十郎はうなずくと、

「猿轡を取ってやる。だが、騒ぎ立てようなどと思うなよ。まだ死にたくはなかろう」

「どうせ殺すくせに」

猿轡を外されると、お美代が三笠清十郎を睨む。

「殺すにしても今ではない。麗門の首を挙げてからだ」

「先生は来ませんよ。何で、わたしなんかのために来るものですか」

「どうだろうな。すぐにわかる」

さあ、立て、とお美代を促す。

歩こうとするが、足が弱っているのか、お美代はよろめいて転びそうになる。すかさず半二が支えてやる。

外に出ると、

「そこに坐らせておけ」

三笠清十郎が顎をしゃくる。

半二は、お美代を観音扉の前の階段に坐らせる。

「見張っていろよ」

「はい」

半二がうなずく。

穴吹重蔵、石田忠三郎、熊川佐一郎の三人が並んで立ち、その少し後ろに三笠清十郎が立つ。勝負の行方を見届ける役回りなのであろう。

次第に東の空が明るくなってくる。

鳥の囀《さえず》りも聞こえてくる。

「……」

三人は無言である。

誰も口を利かない。

じっと正面に目を据えている。

と、そこに黒い影が現れる。

「先生！」

お美代が叫ぶ。

愛之助だと気が付いたらしい。

「お美代、無事か」

「わたしは大丈夫です。どうして来たんですか。来なくていいのに……」

涙声である。

「もう少しの辛抱だ。そこで待っていろ」

愛之助が三人との距離を詰める。

「麗門愛之助か」

穴吹重蔵が訊く。

「そうだ。約束通り、おれは来た。お美代を放してやってくれ」

「よかろう。だが、勝負が先だ」

穴吹重蔵がうなずくと、石田忠三郎が愛之助の左手に、熊川佐一郎が右手に移動する。三方向から愛之助を囲む形になる。すでに三人とも抜刀している。

「三人がかりで、おれを斬ろうという算段かよ。雨海藩の者には武士の誇りがないのか」

左右に視線を走らせながら、愛之助は静かに美女丸の鯉口を切る。

「……」

三人がじりじりと間合いを詰める。

と、いきなり、正面の穴吹重蔵が上段から愛之助に斬りかかる。

愛之助は美女丸を抜き、相手の刀を受け止める。

当然ながら、左右は無防備である。

そこに石田忠三郎と熊川佐一郎が斬りつける。

咄嗟に愛之助は自分から地面にひっくり返る。

その場に突っ立ったままであれば、左右から斬られていたであろう。

愛之助が見上げると、そこに穴吹重蔵の顔がある。

穴吹重蔵は刀を逆手に持って、愛之助を串刺しにしようとする。

地面を転がって、かろうじて避ける。避けながら、愛之助は穴吹重蔵の脛《すね》を美女丸で横に払う。

うわっ、と叫んで、穴吹重蔵が倒れる。

「卑怯者！」

穴吹重蔵が愛之助を睨む。

一般的な道場剣術には、相手の脛を狙う技はないので、腰から下の部位を狙うのは反則だという思い込みがある。

愛之助とすれば、

(何をふざけたことを言ってやがる)

と腹立たしい気持ちであろう。

そもそも、お美代を拐かして愛之助を呼び出し、三人がかりで斬ろうという方がよほど卑怯ではないか、と言いたいに違いない。

そんな状況で必死に生き延びようとしているのだから、脛だろうが何だろうが、隙があることろを斬るのは、愛之助とすれば当然なのだ。

石田忠三郎が愛之助に斬りかかる。

愛之助には立ち上がる余裕がない。転がりながら、相手の剣をかわすだけで精一杯である。そこに反対側から熊川佐一郎が斬りかかろうとする。

殺気を感じて、愛之助がハッとして振り返る。逃れる術《すべ》がない。

「うっ」

熊川佐一郎の刀が愛之助の脇腹と太股《ふともも》を切り裂く。

血が噴き出す。

かろうじて致命傷にならなかったのが、愛之助にとっての幸運であった。

「観念せよ」

石田忠三郎が刀を振り上げる。

愛之助は泥をつかみ、相手の顔に投げつける。

「何をするか」

石田忠三郎が右手で顔を覆う。

愛之助は素早く体を起こすと、石田忠三郎の腹に美女丸を突き刺す。

「うげっ」

石田忠三郎が口から血を吐きながら、よろよろと後退る。腹に美女丸が刺さったまま、仰向けに倒れる。

その瞬間、愛之助は素手である。

「死ね！」

穴吹重蔵が愛之助に襲いかかる。脛に傷を負っているので動きが鈍い。

愛之助は石田忠三郎の刀を拾い上げ、その刀を横に払う。

「……」

穴吹重蔵の喉が横一文字に切り裂かれる。

ぶわっ、と血が噴き出す。

うつぶせに倒れて動かなくなる。

「なるほど、大したものだなあ。すごい腕だよ。渋沢一人では、とても歯が立たないはずだ。三笠さん、ご覧の通りです。正々堂々なんてきれい事を言うから、二人も返り討ちにされてしまいましたよ。麗門を殺したいのなら、その娘を使うしかない。刀を捨てなければ、娘を殺すと言ったらどうですかね」

正眼に構え、じっと愛之助を見つめたまま、熊川佐一郎が言う。

「それは無理のようだな」

本堂の方から聞こえてきたのは三笠清十郎の声でも半二の声でもない。

「……」

熊川佐一郎が肩越しに振り返る。

お美代のすぐ後ろに鯖之介が立っている。

半二が鯖之介に飛びかかろうとするが、二の腕に峰打ちを食らい、腕を押さえてしゃがみ込む。

「おのれ」

三笠清十郎が刀に手をかける。

「やめておけ。無駄に死ぬだけだぞ」

鯖之介が剣先を喉元に突きつける。

腕の違いは明らかである。

「く、くそっ……」

三笠清十郎が刀から手を放し、がっくりと肩を落とす。

「おい、もう終わりだよ。諦めて、刀を捨てろ。この男を斬るぞ。仲間を死なせたくはあるまい」

鯖之介が熊川佐一郎に声をかける。

「ふんっ、殺したければ、勝手に殺すがいい。そんな奴、仲間でも何でもない。わたしは麗門を斬らなければならない。そうしなければ、国に帰ることができないのでね」

熊川佐一郎は、愛之助を睨んだまま、じりじりと間合いを詰める。

「……」

愛之助は石田忠三郎の腹から美女丸を引き抜くと、美女丸を構えて、熊川佐一郎に向き合う。

と、突然、愛之助が目を瞑る。

両手が静かに左右に動く。あたかも海藻が波に揺られているかのように、愛之助の刀が揺らめく。

放念無慚流の秘技・浮遊剣である。

目を瞑るのは、極限まで己の神経を研ぎ澄ませるためである。目で見るのではなく、心で相手の動きを感知するのだ。

もちろん、一瞬でも心が雑念で乱されれば、据え物のように自分が斬られることになる。

この技を使うときは、自分か相手のどちらかは必ず死ぬことになるのだ。

「ふうむ、面白いな。邪剣の遣い手だったのか。そんなまやかしには騙されぬ」

そう言いながらも、すでに熊川佐一郎の間合いには乱れが生じている。左右に揺らめく愛之助の剣に誘われるように、愛之助の間合いに踏み込んでいく。

一瞬、二人の影が交差する。

刀と刀がぶつかり合う激しい金属音はしない。

肉と骨が断ち切られる鈍い音がほんの少し聞こえただけである。

熊川佐一郎の刀は空を切り、愛之助の美女丸は相手に致命傷を負わせた。

「見事なものだ……」

口から血を吐くと、熊川佐一郎がうつぶせに倒れる。地面に横たわったときには絶命している。

愛之助の周りに三つの死体が転がっている。

すでにあたりは、まぶしい朝日に照らされている。

十七

数日後……。

「痛えなあ。もうちょっと優しくできないのか」

布団の上に腹這いになった愛之助が肩越しに振り返って顔を顰める。

「文句ばかり言うと、もっと痛くしますからね」

お美代が愛之助の尻をつねる。

意外に力が入っていたのか、痛えぞ、と愛之助が悲鳴を上げる。

雨海藩の刺客たちとの死闘を制したとはいえ、愛之助自身、脇腹と太股に傷を負った。命に関わるほどの大怪我ではなかったものの、数日、出歩くこともできず、離れで寝込まなければならないような不自由な生活を強いられた。お美代とお藤が親身に介護してくれたおかげで、昨日あたりから、ようやく起き上がることができるようになり、自分の手で飯も食えるし、助けを借りなくても厠《かわや》に行けるようにもなった。

傷が完治したわけではなく、まだ血膿《ちうみ》が出るから、一日に何度か、きれいな晒《さら》しに取り替えなければならない。血膿が晒しにこびりつくので、丁寧にはがさないと傷口が引っ張られて痛いのだ。それで愛之助は、もっと優しくはがせ、と言ったわけである。

「少しくらい痛くしてもいいから、酒を飲ませてくれよ」

「駄目です。お酒を飲むと、傷の治りが悪くなるとお医者さまがおっしゃいましたから」

「もう治ったようなもんさ。平気だよ」

「あら、そうですか」

お美代が太股の傷をぽんと軽く手で叩く。

「だから、痛えだろうが」

愛之助がまた悲鳴を上げる。

「失礼します」

廊下から幹太が声をかける。

「何？」

お美代が訊く。

「先生にお客さまです」

「どなた？」

「はい……」

と、幹太を押し退《の》けるように、香澄が部屋に入ってくる。その後ろには仁王丸がいる。

「おう、香澄じゃないか。どうした？」

「どうしたじゃありませんよ」

香澄が愛之助ににじり寄る。

「検校さまから、愛之助さまが怪我をしたと聞いてびっくりしました。愛之助さまに使いを出すというから、それなら、わたしに行かせて下さいとお願いしたんです。ほら、さっさとお渡しししないか」

香澄が仁王丸を振り返る。

「へえ」

仁王丸が風呂敷包みを差し出す。

それを香澄が受け取って、愛之助の前に置く。

「検校さまからのお見舞いです。大したものじゃありませんよ。小判でも包めばいいのに」

「何だ？」

「鯛の塩焼きですよ。命が助かってめでたい、と言ってました。つまらない洒落。伝言もあります。体がよくなったら屋敷に顔を見せろって」

「あの……」

それまで黙っていたお美代が口を開く。

「どなたですか？」

「ああ、おれが用心棒をしていた御子神検校の家の者さ。茶でも淹れてきてくれないか」

「はあ」

渋々といった様子で、お美代が席を立つ。

お美代が部屋から出て行くと、

「何ですか、あの感じの悪い娘は？」

香澄が舌打ちする。

「この酒屋の一人娘だよ」

「あ、拐かされたのは、あの娘ですか」

「そうだ」

「ふうん……」

「何だ？」

「手込めにされたにしては元気だなと思って」

「誰がそんなことを言った？」

「荒くれ男たちに拐かされて無事に済むはずがないでしょう」

「……」

「外で待ってなさい」

香澄が仁王丸に命ずる。

「あ～っ、だけど……」

「わたしの言うことがきけないのか」

「いや」

仁王丸が肩を落として部屋から出て行く。

「愛さま、淋しかったわ」

香澄が愛之助に抱きつく。

「おい、よせ。何をしやがる」

「抱いて下さいよお」

「検校に抱いてもらえばいいだろう」

「あんなじじい、駄目ですよ。あっちの方は、ほとんど使い物にならないんですから」

ちょっとでいいから抱いて、猪母真羅を拝ませて下さい、と香澄の鼻息が荒くなる。

そこに、

「何をしてるんですか！」

お美代が戻ってくる。

「先生はまだ怪我が治ってないんですよ」

「ふんっ、だから何だっていうのよ。うるさい娘だ」

「あなたこそ何なんですか。ここは、わたしの家なんだから出て行って下さい」

「愛之助さまが借りてる離れでしょう。そこで何をしようが、こっちの勝手じゃないの」

「出て行って下さい」

「何で、あんたなんかに……」

「おい、香澄、今日は帰れ。近いうちに伺うと検校に伝えてくれ」

「ああ、気分が悪い。せっかく楽しいところだったのに水を差されちまった」

香澄がぷりぷり怒りながら部屋から出て行く。

「嫌な人ですね」

「おれには優しいんだけどね」

「ふんっ、どうせ猪母真羅が好きなだけでしょう」

「そう言えば、おまえ、縁談はどうなってるんだ？」

「え」

「話が進んでるんじゃないのか？」

「さあ、わたしは何も知りませんよ」

「当の本人が知らないってことはないだろう」

「だって、知りませんから」

「おい、お美代……」

そこに、

「ほう、お元気そうじゃありませんか」

北町奉行所の同心・水沼平四郎が部屋に入ってくる。後ろから、十手持ちの松蔵が続く。

「何かあったのか？」

愛之助が表情を引き締めて、体を起こそうとする。

「あ、どうか、そのままで」

平四郎が手で制する。

「お美代、すまないが、茶でも用意してくれないか」

「はい」

お美代は素直にうなずくと、腰を上げて部屋から出て行く。茶がほしいわけではなく、席を外してほしいと遠回しに言われたのだと察している。

その後ろ姿をちらりと振り返り、

「あの娘が例の？」

平四郎が訊く。

「うむ。おれのせいで拐かされちまった」

「怪我もなく無事に戻ってよかったではありませんか」

「おれを誘き寄せるための餌にされたわけだから、おれがやられていたら、たぶん、お美代も口封じされてしまっただろう」

「ろくでもない奴らですよ。田舎侍どもの考えることはわけがわかりませんや」

松蔵が顔を顰める。

「その件ですが、片が付きましたので、お奉行の命令でお知らせに伺った次第です」

平四郎が言う。

「そうか」

愛之助がうなずく。

平四郎が井筒屋にやって来れば、嫌でも人目を引く。それを避けるために、普段、愛之助に何か用があるときは、愛之助が奉行所に呼び出されるか、そうでなければ、平四郎は自身番で待ち、松蔵が井筒屋に呼びに来るというやり方をする。

そうしなかったのは、愛之助の怪我に配慮したこともあろうが、愛之助の兄で、北町奉行を務める雅之進の命令をできるだけ早く、自分の口から伝えなければならないと平四郎が考えたせいであろう。

「今回の件で、雨海藩の藩主さまは若年寄さまからきついお叱りを受けたそうです。藩主さまからお奉行にも使いの者がやって来て、直筆の詫び状を渡していきました。いずれ愛之助さまにも見せるとおっしゃっていました」

「ふんっ、そんなもの、見たくもねえや」

「娘を拐かして愛之助さまを誘き出した四人の侍、その手引きをした職人、それら五人だけでなく、彼らを手助けした者たちが江戸の藩邸にいるらしく、その者たちは国元に返して厳しく処分すると藩主さまは約束したそうです。四人のうち、三人は愛之助さまが斬ってしまったわけですが、生き残った一人については、愛之助さまが望むのであれば、国元に帰さずに江戸の藩邸で切腹させてもよいとのことですが……」

「そんなことは望んでいない。もう雨海藩には関わりたくないだけだ。二度と妙な真似をしないと藩主が約束するのなら、それで結構だ」

「承知しました、そのように、お奉行に伝えます」

「そうしてくれ」

「これからは、あまり無茶をしないように言っておけ……そうおっしゃっていました」

「ああ、そのつもりだよ」

「傷の具合は、どうなのですか？」

「だいぶ、よくなった。ようやく普通に歩けるようになったから、やっぱり、箱根に行こうかと考えているところだよ」

「ああ、それはいいですね。傷の養生には温泉が一番だといいますから」

平四郎がうなずく。

「出立の前に、お奉行に会いに来て下さい」

「おれの顔を見て兄上が喜ぶとも思えないが、まあ、言いたいことがたくさんあるのだろうな」

愛之助が苦笑いをする。

十八

平四郎と松蔵が帰ると、愛之助は起き上がって身繕《みづくろ》いを始める。

そこにお美代がやって来て、

「あら、お出かけですか？」

「寝てばかりいるのも飽きた。体も鈍《なま》ってしまう」

「それなら、わたしもお供します。心配ですから」

「一人で行くよ。そう心配ばかりしなくていい。近所をぶらぶらしてくるだけだ」

「……」

お美代が恨めしそうな目で愛之助を睨む。

「そういう顔をするな」

「先生が冷たいからですよ」

「わかった、わかった」

うるさそうに手を振ると、部屋から出て行く。


裏木戸から外に出る。

（まあ、大丈夫かな……）

最初は、そろりそろりと歩いたが、特に強い痛みを感じることもない。まったく痛まないわけではないが、我慢できる程度の痛みである。

さて、どこに行こうか、と思案する。

お美代には、近所をぶらぶらするつもりだと言ったが、それは本心ではない。町の者たちは、お美代が拐かされ、それを愛之助が斬り合いの末に取り戻したことを知っている。愛之助の顔を見れば、あれこれ質問攻めにされるのは目に見えている。そんなことに煩わされるのは御免である。

（鯖之介にでも会いに行くか）

あの日、助太刀してもらってから、愛之助が怪我をしたこともあり、二人だけでゆっくり話をする時間を持てていない。何度か見舞いにも来てくれたが、いつもお美代やお藤がそばにいた。

鯖之介は、今も御子神検校の屋敷で寝泊まりしているが、雨海藩との軋轢《あつれき》が解消されたので、検校の身も安全になり、用心棒として雇われている鯖之介もそれほど忙しくはないはずであった。今頃は昼寝でもしているかもしれない。

伊勢町を出て、両国《りょうごく》に向かって、ぶらぶらと歩き始める。

しばらく歩いたところで足を止め、

「何の用だ？」

振り返らずに訊く。

相手が誰だかわかっているのだ。

「お元気になられたようで安心いたしました」

帰蝶である。

「おまえに会うとわかっていれば、離れで寝ていればよかったよ。しくじった」

「お戯れを」

「本気さ」

「明日の夕方、お迎えに上がります」

「無理だな。この体なんだぜ。とても刀なんか振り回せやしない」

「明日は、その必要はないと存じます。人に会っていただくだけですから」

「嫌だね」

愛之助が帰蝶を無視して歩き去ろうとする。

帰蝶は後ろから追い、追い抜きざま、愛之助の耳許で何事か囁く。それを聞いて、愛之助の顔色が変わる。

「よろしいですね？」

「うむ」

帰蝶が去って行く。

心なしか、愛之助の顔色が悪くなっている。

十九

「おお、だいぶ、よくなったようではないか」

眠そうな目をこすりながら、鯖之介が体を起こす。

愛之助が想像していた通り、鯖之介は昼寝していたのである。

「ようやく外歩きできるようになった。やはり、斬られるのは嫌なものだな」

布団の傍らに、愛之助があぐらをかく。

「当たり前のことを言うな。誰だって、嫌に決まっている」

両腕を大きく伸ばして、鯖之介が大きなあくびをする。

「それにしても、この部屋は、ひどい」

「何が？」

「汗と酒の臭いだな。黴臭《かびくさ》いし、息が詰まりそうだ。しかも、床をおかしな虫が這い回っている」

愛之助が顔を顰める。

「飯を食わせてもらい、酒を飲ませてもらい、その上、給金までもらえるんだぞ。部屋が湿っぽくて、嫌な臭いがするくらい、どうということはない。おれは虫なんか平気だしな。これで文句を言ったら罰が当たる」

「骨の髄《ずい》まで貧乏根性が染みついているようだな。今の言葉を検校が聞いたら、きっと喜ぶだろう」

「何とでも言え。おまえにはわからんのだ」

「おまえが平気なら、それでいいさ。ところで……」

愛之助が姿勢を改める。正座し、背筋をピンと伸ばす。

「先達ては、助太刀してもらって大いに助かった。感謝している。この通りだ」

愛之助が床に両手をつき、深々と頭を下げる。

「何の真似だ？」

「おかげで、お美代を無事に取り戻すことができた。おれも、手傷を負いはしたものの、命は助かった。おまえのおかげだ。おれ一人だったら、たぶん、おれもお美代も殺されていた」

「よせよせ、おれは何もしてないぞ。刺客どもと斬り合ったのは、おまえじゃないか。おれは斬り合いを眺めていただけさ」

鯖之介が照れ臭そうに手を振る。

「とにかく、感謝していると伝えたかったのだ」

「それなら、今度、『うずら』でうまい酒をごちそうになるかな」

「いくらでも飲ませる」

「それは楽しみだ」

「今夜でもいいぞ」

「そうしたいが、今夜は検校さまが仲町に出かけるというから、そのお供をしなければならん」

「雨海藩の件が落着した途端、また岡場所通いか。お盛んなことだ」

「あのな、その……」

急に鯖之介が恥ずかしそうにもじもじし始める。

「何だ？」

「そういう場所にお供すると、おれにも何かいいことがあるのかな？」

「検校が遊んでいる間、酒くらいは飲ませてもらえるだろう」

「それだけか？」

「他に何があるんだ？」

「とぼけなくてもいいだろうが……。おまえだって、いい思いをしたんだろう」

「違うとは言わないが、検校の金で妓を買ったことはない」

「何だ、そうなのか……」

鯖之介ががくっと肩を落とす。

「ふんっ、商売女は嫌いじゃなかったのか」

「それは夜鷹の話だ。自分のばあちゃんと同じくらいの老婆を抱いて何が楽しいものか。岡場所にいる妓は違うだろう？」

「それは違うさ。まったく別物だ。若くて、きれいな妓がたくさんいる。自分の金で遊べばいい。検校も文句は言わない」

「高いのだろうなあ」

「用心棒代をもらっているだろうに」

「今までの分は、母に渡した。あちこちに溜まっていたツケを支払うためにな」

「そうか。おれが何とかしてやりたいが、生憎、それほどの持ち合わせがない」

すまんな、と愛之助が詫びる。

「ああ、女がほしい。いい女を抱きたい」

鯖之介が溜息をつく。

「お藤がいるじゃないか」

「人妻だぞ」

鯖之介が愛之助をじろりと睨む。

「その人妻と出合茶屋に行ったのは誰だ？」

「あのときは、おれも頭に血が上っていた。冷静に考えると、とんでもないことをしたと反省している。不義密通ではないか。露見すれば、切腹ものだ」

「あまり堅苦しく考えるな。要は、ばれなければいいだけのことだ」

「おまえは気楽でいいな」

「そういうことで悩んだ覚えがないのでな」

「おまえのような奴に女の相談をしたのが馬鹿だった。女に不自由したことのない奴に、おれの悩みがわかるはずがないからな」

「なぜ、そんなことで悩むのか、おれには本当にわからないのだ」

「おまえは幸せな奴なんだよ。わかってるか？」

「いや、よくわからない」

「……」

鯖之介が呆れたように溜息をつく。

二十

「思ったより元気そうだな。怪我をしたそうだが、もういいのか？」

唐沢潤一郎が訊く。

「かすり傷というほどではないが、重傷でもなかったのでな。もうだいぶいい。一人で外歩きもできる」

愛之助が答える。

「それは、よかった。心配したぞ。お奉行の話では、かなり悪いようだということだったから」

「ああ、兄から聞いたのか。あの人は何かにつけて大袈裟だからな」

「佳穂も心配していたのだ。なあ？」

潤一郎が隣の佳穂に顔を向ける。

「愛之助さまは剣術の名人ですから、よもや不覚は取らないだろうと思いましたが、一対一の尋常な立ち合いとは違いますから……。相手は何人だったのですか？」

「三人だったかな」

「まあ、何て卑怯な者たちでしょう。わたしがそばにいれば助太刀して差し上げたのに」

佳穂が興奮気味に言う。

「元々が卑怯な連中なんです」

「雨海藩は天下の笑いものだよ。馬鹿なことをしたものだ」

潤一郎が呆れたように首を振る。

そこに、お美代が茶と茶菓子を運んでくる。

「どうぞ」

「かたじけない」

潤一郎が一礼する。

「失礼ですけれど……」

佳穂がお美代をじろじろ見る。

「はい？」

「あなたが雨海藩の者たちに拐かされた人ですか？」

「そうですが……」

「何かされましたの？」

「だって、長い時間、何人もの男たちの中にいたのであれば……」

「え？」

「佳穂殿」

愛之助が慌てて会話に割って入る。

「もう、その話はよしましょう」

「なぜですの？　わたし、いろいろ訊きたいことがあるのですが……」

「失礼します」

お美代はお盆を手にして立ち上がると、そそくさと部屋から出て行く。

真っ青な顔をしていたことに愛之助は気が付く。

「なぜ、あんなことを言うんですか？」

愛之助が佳穂を睨む。

「何か悪いことを言いましたか？」

「男たちに何かされたのかとか……」

「だって、悪い男たちに拐かされると、よってたかって手込めにされるというじゃないですか。てっきり、あの人もそういう目に遭ったのならかわいそうだな、と思って」

「かわいそうだと思うのなら、何も訊かない方がいいと思いませんか？」

「でも、訊かないと何があったのかわかりませんから」

「……」

　そうか、別に悪気はないのだな、ただ、物知らずなのか世間知らずなのか、どこか鈍いところがあってお美代の心の痛みを察することができないのだな、と愛之助は思う。

「でも、わたしは……」

　佳穂が何か言いかけるが、これ以上、この話題を続けたくないので、

「そういえば、婿養子の話は、どうなったのだ？」

と、愛之助は潤一郎に訊く。

「ああ、あの話な」

　潤一郎の表情が曇り、あれは駄目になったのだ、とつぶやく。

「駄目になった？　なぜだ」

「相手の方から断ってきたそうだ。まったく情けない話だよ。たかが五十俵の小普請にまで相手にされないんだからな」

　自嘲気味《じちょうぎみ》に笑う。

「どういうことだ？　家格が釣り合わぬということもあるまいに」

「家格の話ではない」

「では、何だ？」

「向こうは、お奉行と縁続きになることを望んでいたらしい。あれほどの実力者だからな。

麗門家の将来は明るい。つまり、麗門家と共に繁栄したかったということだろう。おまえでなければ駄目だという話だったようだな」

「そうだったのか。すまぬ。おれは何も知らなくて……」

「気にしないでくれ。おまえの厚意には感謝している。おれが悪いのだ」

「おまえだって何も悪くはない」

愛之助が潤一郎を慰めると、突然、おほほほっ、と佳穂が笑い出す。

「何がおかしい？」

潤一郎がむっとする。

「だって、おかしいんですもの。そんなに必死になって婿養子になろうとして……。どうして自分の力で世に出ようとはなさらないのですか」

「女のおまえにはわからぬのだ」

「わかりますよ。戦国の世であれば、身ひとつ、刀一本で城持ちになろうとする男がたくさんいたはずです。太閤殿下は有名すぎますけれど、権現《ごんげん》さま（家康）だって、最初の頃は三河の小さな土豪に過ぎなかったというではありませんか。自分の力で天下人にまでのし上がったのです。兄上に天下人になれとは申しませんが、学塾を開くなり、道場を開くなりすればよろしいのに。門人が増えて、世間に名前が知られるようになれば、諸藩から、いや、それどころか幕府から召し出されるかもしれませんよ」

「夢のようなことを言うな」

潤一郎が苦い顔になる。

「部屋住みで苦労なさっているのは承知しています。だからこそ、せめて夢でも、どうせなら大きな夢をお持ちになればいいのに。そう思いませんか、愛之助さま？」

「え、ええ、まあ……」

また話がおかしな方に進んできたなと愛之助は困惑し、

「花房町の道場には、あれから行っていないのですか？」

と唐突に話題を変える。

「陵陽館ですね」

佳穂の表情がパッと明るくなる。

「あの後、またお訪ねしました。如水先生は素晴らしい御方ですね。剣術が強いというだけでなく、心の持ちようが素晴らしいと思います。雑念というものが、まるで感じられません。あたかも神仙のような御方だと思います」

佳穂が如水を絶賛する。

「はあ、神仙ですか……」

愛之助が苦笑いをする。

確かに如水は剣が強いし、人柄もいい。

愛之助も深く敬愛している。

しかし、一面、如水が俗世間と隔絶しているわけでないことも知っている。

付け届けの多い門人には親切にするし、いくらか腕が見劣りしても、それに目を瞑って目録くらいなら与えてしまう。懐が温かくなると、吉原や岡場所に出かけて、帰りには上等な鰻《うなぎ》を食い、高価な諸白酒を飲む。俗物すぎるほどの俗物なのである。

まさか自分の孫娘と同じ年頃の佳穂に如水が色目を使うとは思えないが、大旗本の娘を弟子にすれば、付け届けで懐が潤うだろうという程度の胸算用はしているはずであった。

「入門なさるのですか？」

「先生は、そう勧めて下さいます。ただ、これまでずっと他の流派で学んできましたから、一からやり直すのは、なかなか、難しいのではないかと思うのです」

「なるほど」

愛之助はうなずき、

「それなら、二人で道場を開いてはどうですか？　旗本の子女道場を開けば評判になりそうですが」

「まあ、そんなことができますでしょうか？」

佳穂が身を乗り出す。愛之助の提案が気に入ったらしい。

「バカだな。本気にするなよ。愛之助は、おまえをからかっているんだ」

潤一郎が笑う。

「え」

「すみません」

ははは、と愛之助も笑う。

「まあ……」

佳穂が不機嫌そうな膨れっ面になる。

二十一

翌日の夕方、着流し姿で、愛之助がぶらりと井筒屋を出る。

堀端を歩いていると、背後から人の近付いてくる気配がする。

「ご案内します」

追い越しざま、帰蝶が愛之助に声をかける。

そのまま、すたすたと歩いて行くから、傍《はた》から見ても、愛之助と帰蝶が知り合いだとはわからないであろう。

「ふんっ」

さして急ぐ様子もなく、愛之助は帰蝶の背中を追って歩く。

両国広小路を抜け、平右衛門町《へいえもんちょう》の方に向かう。

帰蝶は、平右衛門町の川沿いにある船宿の玄関先で女将に挨拶すると、そのまま船着き場に行く。屋形船が停まっている。そこで足を止めると、肩越しに振り返り、黙ってうなずく。その屋形船に乗れ、というのであろう。

(芝居がかった真似をしやがって……)

いったい、何の真似だ、と愛之助は不快そうな顔で屋形船に乗り込む。

船縁《ふなべり》にしゃがみ込んでいた船頭が腰を上げる。

笠を持ち上げ、ちらりと愛之助を見遣る。

(武士か)

本物の船頭ではないようだな、と愛之助には察せられる。船頭にしては目付きが鋭すぎるし、目立つほどの面擦れがこめかみにある。よほど剣術修行に励んできた証《あかし》だ。かなりの腕利きに違いない。

周囲に人影はないが、恐らく、あちこちに同じような警護の武士が配置されているに違いない。

そう考えて、屋形船で待っているのが誰なのか、愛之助にもわかった。その瞬間、腋の下がじわりと汗ばむのを感じる。

「失礼いたします」

声をかけて、引き戸を開け、中に入る。

屋形船がゆっくり大川に漕ぎ出していく。

幅の広い木卓《もくたく》が中央に置かれ、その上には酒肴が並べられている。

奥の席に、恰幅のいい武士が坐っている。

「お久し振りでございます」

愛之助は床に額をこすりつけて平伏する。

「そう格式張るな。ここには、わしとおまえの二人だけしかおらぬ。無礼講でいこうではないか」

「は」

そう言われても、すぐに姿勢を崩すわけにはいかない。それほど大きな身分の差があるのだ。

「面を上げよ。これでは話もできぬし、酒も飲めぬではないか」

「……」

愛之助がほんの少しだけ顔を上げる。

「構わぬと言っておる。何度も言わせるな」

「は」

ようやく愛之助が体を起こす。

正面に坐っているのは下総古河《しもうさふるかわ》藩主で、老中を務める本多忠良《ほんだただよし》、五十四歳である。愛之助にとっては雲の上の存在と言っていい。

「元気そうではないか」

「はい」

「怪我をしたと聞いたから心配していたのだ。あまり無茶をするなよ」

「畏れ入ります」

「おまえが悪いわけではないと聞いた。言うなれば、売られた喧嘩を買ったわけだろう。そうだとしても、江戸の町中で斬り合いをするのは、できるだけ避ける方がよいな」

「申し訳ございません」

「まあ、飲め」

本多が徳利を手に取る。

「はあ、しかし……」

「実は、先に飲んでいたのだ。わし一人が酔ってもつまらぬではないか」

「では」

木卓に伏せて置いてある猪口を手に取り、両手で本多の酒を受ける。

本多は自分の猪口にも酒を注ぐと、

「さあ、飲もう」

猪口を空ける。

愛之助も一息に飲み干す。

「あとは勝手にやってくれ。酒でも料理でも」

「ありがとうございます」

しばらく雑談をしながら、本多と愛之助は飲食する。もっとも、愛之助の方は料理もろくに喉を通らないし、酒もほとんど飲んでいない。本多の話に相槌《あいづち》を打っているだけである。

「ところで……」

本多が猪口を置き、ふーっと大きく息を吐く。

愛之助が背筋をピンと伸ばす。

いよいよ本題に入るのだな、と察したのだ。

「先達て、わしは帰蝶に指示を与え、それをおまえに伝えるように言った。おまえは、その指示に従わなかったな」

「あ、それでしたら……」

「よせ」

本多が手を挙げて制する。口を挟むな、と言いたいのであろう。

「指示を拒む理由があったのだろう。おまえの気持ちもわからぬではない。見ず知らずの人間を、理由もわからずに、わしの命令ひとつで斬るのは、そう楽なことではあるまい。心に迷いが生じても不思議はない」

本多がじっと愛之助の目を覗き込む。

「富島町に金松屋という呉服屋があった。盗賊どもに押し込まれ、家屋を焼かれ、家人は皆殺しにされた。存じておるな？」

「そこに連れて行かれましたので」

愛之助がうなずき、煬帝という盗賊の仕業だと聞きました、と言う。

「わたしが指示に従って、親子連れを斬っていれば、あの押し込みはなかったのだと帰蝶に言われました。どういう意味なのでしょうか？」

本多は、その問いには答えず、

「今夜、帰蝶と二人で行ってほしい場所がある。おまえの迷いやためらいが何を引き起こすか、その目で確かめてほしいのだ」

と言う。

二十二

その夜、そろそろ町木戸が閉まろうという頃、愛之助は、そっと井筒屋を出た。

裏木戸から通りに出ようとすると、

「ここです」

天水桶の陰から黒い影が現れて、愛之助に声をかける。帰蝶である。

「そんなところにいたのか。いったい、いつからいたんだ。よく誰にも気が付かれなかったものだ」

「慣れておりますので」

「それに妙な格好をしているようだな」

いつもの小袖姿ではなく、黒装束に身を包んでいる。顔も覆面で隠しているようだ。全身が夜の闇に溶け込んでいる。

「この方が動きやすいし、人目にもつきにくいものですから」

「さすが伊賀者《いがもの》だな」

愛之助が苦笑する。

「では、こちらへ」

帰蝶が先になって歩き出す。

人通りはまったくないにもかかわらず、それでも帰蝶は、人目を避けたいかのように、慎重に道の端をゆるゆると歩いて行く。仕方なく、愛之助も帰蝶と同じように歩く。

帰蝶は堀端の方に歩いて行く。

「舟で行くのか？」

「町木戸を通らずに済みますし、舟の方が早いので」

「そうか」

帰蝶に続いて、愛之助も舟に乗り込む。

帰蝶が櫓《ろ》を手にして、舟を出す。

暗い水面を滑るように進んでいく。ほとんど揺れることなく、真っ直ぐに進んでいく。

「かなり慣れているようだな」

「誰にでもできることですよ」

「おれには無理だぜ」

いくらか星明かりはあるものの、周囲は真っ暗だ。

よくこれで舟など操ることができるものだと愛之助は感心する。よほど夜目が利くのであろう。

「思い出しますか？」

「何を？」

「右側は本材木町一丁目ですよ」

「ああ、そうか」

つい先日、その町の廃寺で、雨海藩の刺客たちと死闘を演じたのである。

「ご無事で何よりでした」

「もしや、知っていたのか？」

「はい。見事な立ち回りでございました」

「……」

愛之助が不快そうに口を閉ざす。

あの朝、鯖之介と二人だけで廃寺に向かったつもりでいたが、どこかから帰蝶が眺めていたということである。

（伊賀者ってのは得体の知れない生き物だぜ）

何とも薄気味悪いのである。

「おれが斬られたら、どうするつもりだった？」

「どのような死に様であったか、詳しく見届けるつもりでした」

「手助けしようとは考えなかったか？」

「そのような指図を受けておりませんでしたので」

「ふんっ、見殺しかよ」

「もちろん、何とか切り抜けてほしいとは願っておりました」

「どうだかな」

愛之助は腕組みして目を瞑る。

しばらくすると、舟が接岸される。

「松幡橋《まつはた》のところです」

「そうか」

ということは本材木町の六丁目あたり、その奥は松川町《まつかわちょう》や因幡町《いなばちょう》である。

「ここで降りていただきます」

「遠いのか？」

「いいえ、そう遠くはありません。帰りも、ここから舟に乗ります」

「ふんっ」

愛之助が舟から降りる。

「ご案内します」

また帰蝶が先になって歩き出す。

（ん？）

周囲は、しんと静まり返っているが、どこからか、人の叫び声やがたがたという物音が聞こえる気がした。長く続くわけではない。ほんの一瞬、途切れ途切れである。

それ故、最初は、

（空耳か）

と、愛之助は思った。

そもそも、そばには帰蝶がいる。

帰蝶は、愛之助などよりも、ずっと耳がいいし、怪しい気配にも敏感である。愛之助が気付かなくても、帰蝶が気付くであろう。その帰蝶が何も言わないのだから、やはり、気のせいなのか、と思ったわけである。

ところが、

「あれが聞こえますか?」

と、帰蝶が訊いてきたので、そうか、空耳ではないのだな、と愛之助にもわかる。

「何の音だ?」

「この先にある呉服問屋に盗賊が押し込んでいるのですよ」

「は?」

一瞬、愛之助には帰蝶が何を言っているのかわからない。あまりにも突拍子もないことだからだ。

「押し込みと言ったのか?」

「そう申しました」

「……」

愛之助が黙り込む。

暗い場所にいるから見えないが、その顔は怒りでどす黒く変色している。

「どういうことだ？」

怒りの滲んだ声である。

「押し込みがあるとわかっているのなら、なぜ、町方に知らせないのだ？」

「わたしは、ここにお連れするように命じられただけです」

帰蝶は淡々と答える。

そのとき、また愛之助の耳に悲鳴が微かに聞こえた。

「ちっ」

裾をからげて走り出す。

「あ、お待ち下さい」

帰蝶が慌てて、愛之助の後を追う。

二十三

表は閉まっている。潜り戸を押しても動かない。

愛之助は裏に回る。

裏木戸も閉まっているが、試しに押してみると、簡単に開く。閂《かんぬき》が外れているのだ。

敷地に入り込むと、家の中の物音がはっきり聞こえる。女の啜《すす》り泣《な》きのような声も聞こえる。

明かりが見える。勝手口のようだ。

そっちに行こうとすると、背後から左の二の腕をつかまれる。

「おやめ下さいませ。面倒なことになります」

帰蝶である。

「巻き込んだのは、そっちだぜ。おれが頼んだわけじゃない」

帰蝶の手を振り払って、小走りに勝手口に行く。

戸を引いて土間に踏み込むと、抜き身を手にした黒装束の男がいる。覆面はしていない。あばた面の目付きの悪い男である。顔には血飛沫が飛んでおり、剣先からは血が滴り落ちている。すでに誰かを斬ったのであろう。

愛之助を見て、一瞬、ぎょっとした顔になるが、すぐに刀を振り上げる。

「盗人《ぬすっと》めが！」

ためらうことなく間合いを詰めると、愛之助は怒りの形相で抜き打ちに相手を斬り捨てる。

腕が違いすぎる。

きちんと剣術を修行したわけではなく、ただ単に刀を手にして振り回しているだけなのである。素人を脅すには、それでもいいのだろうが、愛之助のような一流の剣客とは戦いようもない。剣さばきも、太刀行きの速さも違いすぎるから、斬り合いにもならず、相手は美女丸に触れることすらできず、悲鳴を上げる暇すらなく、愛之助の足許で骸になった。

廊下に跳び上がり、女の啜り泣きが聞こえる方に走る。

部屋から明かりが洩れている。

そこにも黒装束の男がいる。

さっきの男と違うのは、下半身がむき出しだということである。愛之助の方に汚い尻を向け、若い女を手込めにしている。

「おい」

愛之助が呼びかける。

「ん？」

肩越しに振り返ったとき、美女丸が一閃し、男の首がころりと落ちる。どっと血が噴き出す。

その血を浴びて女が悲鳴を上げる。

「他の者たちは、どこにいる？」

「奥に……奥に旦那さまたちが、それに二階には小僧たちも……」

「わかった」

愛之助が部屋を飛び出す。すぐ目の前に箱階段があるので、走ったまま駆け上がる。

二階に上がると、覆面をした黒装束の男が二人いる。

部屋の隅に行燈がある。その微かな明かりが、血まみれで布団の上に倒れている小僧たちの姿を照らす。六人くらいはいるであろう。

男たちが手にしている抜き身からは真新しい血が滴り落ちている。

「何者だ？」

「うるせえ。人でなしどもが」

愛之助が斬りかかる。

容赦はしない。

相手の胴を真っ二つにする。

奥にいる男が後退る。

「逃げ道はないぞ。生き延びるには、おれを殺して下に逃げるしかないんだよ」

「死ね！」

刀を振りかぶって、男が愛之助に突進してくる。

（馬鹿が）

突進をかわすのではなく、逆に自分の方から踏み込んでいき、相手の喉に突きを入れる。

美女丸を引き抜くと、喉から鮮血を噴き出させて、男が仰向けに倒れる。

「くそっ、もう少し早ければ、小僧たちを助けることができたのに」

無念そうな顔で小僧たちの死体を見遣る。

が、すぐに気を取り直し、箱階段を駆け下りる。

まだ生きている者がいるかもしれないからだ。一人でも助けたい、と愛之助は思う。

廊下に下りると、そのまま真っ直ぐ奥に進む。

明かりの洩れている部屋がある。

愛之助が部屋に飛び込む。

部屋の中央に中年の夫婦が坐り込んでおり、その夫婦に抱きかかえられるようにして二人の子供が震えている。十歳くらいの男の子と七歳くらいの女の子だ。

彼らを見下ろすように抜き身を手にした覆面をした黒装束の男が二人いる。

「おのれ」

一人が愛之助に斬りかかろうとするが、

「よせ」

もう一人が制する。

「おまえのかなう相手ではない」

「……」

愛之助がその男をじっと見つめる。

勝手口にいた男、女を手込めにしていた男、二階にいた二人の男たち……彼らはまともな剣術修行などしたことがなさそうな者たちだったが、この男は違う。構えを見れば、一目瞭然なのである。よほどの使い手だとわかるのだ。

愛之助もしっかり正眼に構える。

と、その男が不意に、

「麗門愛之助か」

と口にした。

えっ、と愛之助は声を出しそうになる。

なぜ、押し込み強盗が自分の名前を知っているのか、と驚いたのである。

「どうして、おれのことを……？」

「ここは、おまえの来る場所ではない。帰るがいい」

「盗賊などに指図される覚えはない」

愛之助が素早く周囲に視線を走らせる。

もう一人の男がじりじりと愛之助の背後に回ろうとしているのだ。

「ならば、こうするしかない」

男の子の首筋に抜き身を当てる。

「子供を殺したくはあるまい。ここから出て行け」

「おれが出て行こうが行くまいが、どうせ殺すのだろう」

「殺さぬ。金を手に入れ損なった。無駄な人殺しをするつもりはない」

「何を言う。こいつを斬って、それから、ゆっくり金を手に入れればいいではないか」

もう一人の男が不平を口にする。

「もう遅い。あれが聞こえぬか」

「え」

耳を澄ますと、人のざわめきのようなものが遠くから聞こえる。よほど注意しないと、わからないほど微かな音だ。

「あと四半刻（三十分）もしないうちに、ここに捕り方が流れ込んでくるだろう。金を探している暇はない」

「……」

「そういうわけだ。わしらは逃げる。おまえが邪魔立てしなければ、この者たちも死なずに済む」

「ならば、行け」

愛之助が刀を下ろす。この二人を逃がすのは癪《しゃく》に障るが、子供の命を守る方が大切だと判断したのだ。

「一緒に来い」

男は主人の襟首《えりくび》をつかむ。

「ひ」

「心配するな。外に出たら放してやる。逆らえば、妻と子の命がないぞ」

「わ、わかりました……」

主人がぶるぶる震えながら立ち上がる。

「おまえは動くな」

愛之助を制し、主人を連れて男たちが部屋から出て行く。

その途端、妻が子供たちを両手で抱きしめて、わっと泣き出す。

「心配するな。もう大丈夫だ」

「うちの人は、どうなるのでしょう……」

「おれが助ける」

愛之助が部屋から出て行く。

勝手口の方で物音がしたので、そちらに向かう。

土間に主人が坐り込んでいる。

「おい、怪我はないか？」

「は、はい……」

震えながら、うなずく。

「あいつらは？」

「そこから出て行きました」

戸口を指差す。

「おのれ」

愛之助が外に走り出る。

と、いきなり横から左腕をつかまれる。

「長居は無用でございます」

帰蝶が押し殺した声で言う。

「ええい、放せ」

「あの二人は、とっくに逃げました。わたしたちも逃げなければなりませぬ」

「放せというのに」

「町方に何と申し開きするもつもりですか？　ご家族の皆様にも大きな迷惑がかかりまするぞ」

「もう遅い。顔も見られたし、名前も聞かれた」

「まさか命の恩人を売るような真似はしないでしょうし、たとえ町方に洩らしたとしても、この場で見付かったのでなければ、何とでも申し開きができましょう」

「……」

「時間がないのです」

「わかった。わかったから、手を放せ」

胸の中にはもやもやした思いが渦巻いているが、帰蝶の言うことがもっともだということはわかるし、闇雲に盗賊どもを追うのは無駄だということもわかる。

「では、こちらへ」

帰蝶が先になって小走りに裏木戸に向かう。

愛之助も後を追う。

二十四

伊勢町に戻り、舟から下りると、

「おい、どういうことなんだ、説明しろ」

愛之助が帰蝶を問い詰める。

「先達て、申し上げたとおりです。お指図に従って、あの親子を斬っていれば、この前の押し込みも今夜の押し込みもなかったということです」

「おれのせいだと言うのか？」

「このままだと、また近々、どこかの商家が押し込まれ、何人もの命が奪われることになりましょう」

「あの親子は、つまり、父親の方だが、あれは何者なのだ？」

「久保道之助《くぼみちのすけ》」

「旗本か？」

「御家人です」

「その男が……」

「今夜、お会いになりましたよね？　覆面をしていたので、顔はわからなかったかもしれませんが」

「あの場にいたのか？」

「久保は煬帝の腹心と言われております」

「何だと、煬帝？　あれが煬帝だったのか」

「はい」

「煬帝も御家人なのか？」

「そこまでは存じません。ただ……」

「何だ？」

「煬帝が押し込みをするとき、いつも一緒なのは久保だけで、他の者たちは臨時に雇い入れるそうです。なぜ、そんなことをするのかはわかりませんが……」

「ああ、そういうことか。まともに剣を使えるのは、煬帝と久保の二人だけで、他の者たちは剣術の稽古などしたことがなさそうだった。その煬帝だが、なぜ、おれの名前を知っていた？」

「存じませぬ」

「嘘をつけ」

「わたしの口から申し上げることはできない、と言い換えましょう」

「ふざけるな」

「いずれ御前からお話があるのではないでしょうか」

「……」

愛之助が黙り込む。

二十五

翌日、愛之助は朝から離れでごろごろしている。

時折、お藤とお美代が様子を見に来るが、いつになく愛之助が不機嫌だと察すると、しつこくすることもせず、そそくさと逃げていく。

（煬帝……）

ゆうべの出来事を、愛之助は考え続けている。

わからないことばかりだ。

幸い、主人一家は助かった。

愛之助が去った後、捕り方がやって来ただろうから、彼らが愛之助について話せば、井筒屋にも捕り方が来るかもしれないと覚悟しているが、今のところ、その気配はない。

帰蝶が言ったように、自分たちの命の恩人を売るような真似はしない、ということかもしれなかった。

昼過ぎに、また、お美代が現れる。

愛之助にじろりと睨まれると、

「お客さまをご案内しただけですよ」

と慌てて言い訳する。

「お客さまだと？」

「おれさ」

お美代の背後から鯖之介が顔を出す。

「何だ、おまえか」

「少しは嬉しそうな顔をしろよ」

「もう見飽きた顔だからな」

「憎らしい奴だ」

鯖之介があぐらをかいて、愛之助の前に坐り込む。

「お酒でもお持ちしましょうか？」

お美代が気を利かせて言う。

「気を遣わなくていいんだよ」

愛之助は素っ気ない。

「いやあ、すみませんな。喜んで、ごちそうになりましょう。肴は、塩か味噌で結構ですので」

「では、すぐにご用意します」

お美代が部屋から出て行く。

「そっちから訊ねて来るとは珍しいな。仕事は、いいのか？」

鯖之介は、用心棒として御子神検校の屋敷に住み込んでいるのだ。

「そのことだが……」

「何かあったのか？」

「追い出された」

「は？」

「もう用済みだそうだ。おれは……」

「まあ、待て。酒を飲みながら話す方がよさそうだ」

しばらくすると、お美代が幹太を連れてやって来る。幹太が大徳利を二本持ち、お美代が肴を運んでいる。盆に載せられた肴は、塩と味噌だけでなく、佃煮《つくだに》や冷《ひ》や奴《やっこ》、里芋の煮転がしなど何品もある。

「ほう、気が利いているな」

愛之助が感心する。

「お酒が足りなくなったら呼んで下さいませ」

酒と肴を置くと、お美代と幹太は出て行く。

「まずは一献」

「ああ、すまぬ」

ふたつの茶碗に酒を注ぎ、二人で酒を空けると、そこから先は手酌で勝手に飲むという流れになる。

愛之助に比べると、鯖之介は酒の飲み方が早い。立て続けに茶碗酒を三杯も飲む。

鯖之介の緊張がほぐれたのを見て、

「で、どういうことなのだ？」

と、愛之助が訊く。

「どうということもない。雨海藩の一件が片付いたので、もう住み込みの用心棒は必要ないということさ。日中の取り立てには、仁王丸を連れていけば十分だしな」

「岡場所には行くだろう」

「そのときは、また頼むと言われた」

「ふんっ、ケチ臭いじじいだ。日当を払うのが惜しくなったな」

愛之助が舌打ちする。

「仕方がないさ。向こうには向こうの都合があるだろうしな。おまえに紹介してもらった仕事だから、一応、そういうことになったと知らせなければならないと思ってな。それで来たわけだ」

「随分と物分かりがいいじゃないか」

「飲み食いさせてもらって、楽な仕事の割には日当もよかったし、文句を言ったら罰が当たる。日傭取りで米俵を担ぐより、ずっとましだ。日当は、さして使わずに貯めてあったから、さっき母に渡してきた。ものすごく喜んでいたよ。あまりに喜ぶので哀れになった」

「親孝行ができてよかったじゃないか。これから、どうするつもりだ？」

「また何か仕事を探すさ。選り好みしなければ、何かあるだろう」

「一度甘い水の味を知ってしまうと、もう苦い水を飲めなくなるものだぞ」

「ふんっ、わかったようなことを言うなよ」

「あ、そうだ。話は変わるが……」

「何だ？」

「久保道之助という御家人を知らないか？」

「久保道之助だと？」

「こんな男だが」

以前、親子連れで歩いているときに見かけた姿を愛之助が説明する。

「ああ、それなら、やっぱり、おれの知っている久保さんだ。久保さんがどうかしたか？

おまえの知り合いだとは知らなかったが」

「知り合いではない。ちょっと気になることがあってな。どんな男だ？」

「立派な人だよ」

「え？」

「小普請で、おれと同じようにひどい貧乏暮らしだが、徳川武士としての矜持《きょうじ》をまった
く失っておらぬ。いつか大樹公《たいじゅこう》のお役に立つ日が来ると信じて、武芸と学問に励んでいる。

徳川武士の鑑《かがみ》だな。おれも見習いたいと思うが、日々の暮らしに追われて、なかなか思う
ようにいかぬ。何とか武芸にだけは励んでいるが、学問の方はさっぱりだ。まあ、言うま
でもなく、おまえは知っているだろうが」

「ふうむ、そんな立派な人物なのか……」

愛之助が腕組みして難しい顔になる。

「腕は立つのか?」

「おれたちとは流派が違うから、よく知らない。しかし、どんな流派だとしても、免許皆伝なら、かなりの達人だろう」

「免許皆伝か。どんな流派だ?」

「古い流派で、形稽古をじっくりやるらしい。うちのように竹刀を持って立ち合うようなことは、あまりやらないと聞いたことがある。居合いのようなものかもしれんな」

「おれが立ち合えば勝てるかな?」

「何とも言えないが、居合いの使い手と立ち合うときは、初手が肝心だろう。初手をかわすことができれば、おまえが勝つだろうし、受け損なえば、おまえが負ける」

「そうだな」

「……」

「倅がいるか?」

「倅?」

「久保の倅だが」

「ああ、いるな。一人息子だ。久保さんに似て、学問ができるらしい。剣術の方は知らないが」

「いくつだ?」

「まだ元服していないはずだから、十歳くらいだろう。もう少し下だったかな」

「ふうむ」

「なぜ、久保さんのことを訊く？　しかも、倅のことまで」

鯖之介がじっと愛之助を見つめる。

「今は言えぬ。だが、折が来たら、きちんと説明する」

「ならば、無理には訊くまい」

茶碗に酒を注いで、鯖之介が酒を飲む。

二十六

薄暗い部屋に、何人かの男たちが車座になって坐り込んでいる。

暗いのは板戸を閉めきっているせいだ。

だから、まだ昼間だというのに燈台に火を入れている。あまりいい油ではないので、かなり煙が出る。そのせいで部屋の中が霞《かす》んでいる。

「こんな無様な失敗は初めてですよ。仲間が斬られた上に金も手に入らなかった。まるっきりの無駄足だったわけですからね。それもこれも、あの男のせいです。おわかりですよね？　斬ればよかった。なぜ、ためらったのですか」

久保道之助が強い口調で、正面に坐っている煬帝に詰め寄る。

暗い上に、煙が立ち込めているせいで、隣にいる者の顔すら判別しにくいほどだから、久保にも煬帝がどんな表情をしているのかよくわからない。

「わかっているはずだ」

煬帝が答える。その口調は落ち着いており、久保の言葉に動揺したり怒っている様子はない。

「血は水よりも濃い、と言いたいのですか？　しかし、大義を成就させることは血の繋がりよりも大事なのではありませんか。われら同志は、大義のためであれば、親も子も捨てる覚悟なのですよ」

「うむ、その通りだ」

煬帝がうなずく。久保に反論しようとはしない。

「待ちなさい。われらは鬼ではない。血も涙もある人間なのだ。久保の言うことは正しいが、いかに大義のためとはいえ、親や子を捨てるときには後ろ髪を引かれる思いもするはずだ。違うか？」

煬帝の横にいる白髪の老人が口を挟む。

大村玄鬼斎《おおむらげんきさい》である。年齢は六十一。

「それは、そうですが、しかし……」

「まあ、聞きなさい。いくらか回り道をしたり、後戻りしているかもしれないが、それでも、われらは少しずつ前に進んでいる。ようやく、ここまで来たのだ。仲間同士でいがみ合いなどしているときではないぞ」

玄鬼斎が懐から古ぼけた冊子を取り出す。

それを見て、久保がハッと息を呑む。

その冊子を開き、

「天地開闢《かいびゃく》以来、日神長く統を伝え給う。これ、異朝になし。わが国のみにあり。それ故、日本は神の国なり……」

朗々と音読を始める。

その場に集った者たちは姿勢を正し、背筋をピンと伸ばし、心持ち頭《こうべ》を垂れて、その音読に聞き入る。

その冊子こそ、煬帝を中心とするこの一派の聖典と言っていい。

いくらかでも学のある者ならば、その序文が北畠親房《きたばたけちかふさ》の『神皇正統記《じんのうしょうとうき》』を手本にしていることがわかるであろう。

しかし、『神皇正統記』が天皇家の歴史を語り、天皇家による日本統治の正当性を説いているのに対し、この冊子は、徳川家による日本統治の正当性を説いているという違いがある。

この冊子が世に出たのは二十六年前である。

その内容は幕府の上層部に衝撃を与え、彼らはこの冊子を禁書として回収し、この世から抹殺した。

著者である由利《ゆり》遼雲《りょううん》（吉之助）は幕府の下級役人だったが、職を解かれ、捕縛された。公正な裁判もないまま、遼雲は処刑され、由利家は家名断絶という重い処分を受けた。

しかし、この冊子、すなわち、『徳川申命記《しんめいき》』は江戸城の書庫に一冊だけ保管されていた。遼雲の考えに同調する者たちが、それを密かに書き写して外部に持ち出した。そのおかげで『徳川申命記』は生き残った。

言うまでもなく、禁書を書き写して外部に持ち出せば死罪である。遼雲と同じように家名断絶の憂き目を見ることになる。

それほどの危険を冒して、なぜ、『徳川申命記』を持ち出そうとする者がいたのか？

いや、そもそも、なぜ、幕府の上層部は、それほどまでに『徳川申命記』を怖れたのか？

徳川幕府の正当性を主張するだけの内容であれば、何の問題もないであろう。

が、もちろん、それだけではない。

『神皇正統記』が天皇家による日本統治を天から与えられた使命だと説くように、『徳川申命記』も徳川家による日本統治を天から与えられた使命だと説く。その使命は神聖なものであり、その使命を果たすにおいては一切の私利私欲を排除しなければならない。もし私利私欲によってご政道を歪めるようなことがあれば、それは神聖な使命に対する冒瀆《ぼうとく》だから、その当事者を罰し、幕政から排除しなければならない。その点において例外はなく、将軍だろうと老中だろうとて排除されるのである。

『徳川申命記』が書かれた当時、すでに徳川幕府が成立して百年ほど経っていた。戦乱はなくなり、太平の世が続いていたが、一面、武士よりも商人が力を持つようになり、武力ではなく、財力によって政治が左右されるようになっていた。当たり前のように賄賂が横行し、金持ちばかりが優遇されるようになったのだ。

遼雲が『徳川申命記』で主張したのは、世襲によって役に就いている無能な役人たち、無能であるが故に己の信念ではなく賄賂によって政治を行う役人たちを排除して、根本から幕政を改革しなければならないということであった。

幕府自身に改革する能力がないのであれば、天の使命が徳川家から他家に移るのもやむなしとまで言い切った。

つまり、読み方によっては、『徳川申命記』は徳川の封建制を否定し、諸藩による倒幕までも容認するという過激な思想書なのである。そこには孟子《もうし》の革命思想の影響が濃厚に見え隠れしている。

幕政改革どころか、倒幕の理論的な支柱にもなりかねないので、幕府の上層部は、『徳川申命記』をこの世から葬り去ろうとしたわけである。

「……」

玄鬼斎が冊子を閉じる。すべてを読もうとしたわけではなく、久保を宥め、同志の結束を固めるために何ページか読んだだけである。

「昨日は、うまくいかなかった。しかし、次がある。大義が成就するまで、わしらは続けなければならないのだ。よいな？」

玄鬼斎が言うと、久保もうなずく。

二十七

愛之助は番町の屋敷に足を向ける。

下男の亀五郎が玄関先で掃き掃除をしている。他に用がないと、いつもそうしている。掃除するだけでなく、不意の来客に備えている。大旗本家ではあるが、常駐の門番がいるわけではないからだ。

「若さま」

手を止め、恭《うやうや》しく頭を下げる。

「ほら、取っておきな」

亀五郎の手に金の小粒を握らせる。

「ありがとうございます」

嬉しそうに満面の笑みを見せる。

玄関に入ると、

「お帰りなさいませ」

用人の井上千代右衛門が顰めっ面で出迎える。麗門家のためならば命も捨てるというほど忠実な男だが、どんなときも渋い顔をしている。

愛之助は、千代右衛門が笑っている姿を見た記憶がない。

そこに山尾も現れ、

「ご案内いたします」

と会釈する。

「……」

千代右衛門は山尾を睨むと、愛之助に一礼して立ち去る。

廊下を渡りながら、

「嫂上は、どんな様子だ？」

と、愛之助が山尾に訊く。

「お元気ですよ。よくお笑いになります。悩み事がなくなったようですね」

肩越しにちらりと愛之助を振り返って、山尾が微笑む。愛之助が吉久美の悩みを解決したのだと承知しているのだ。

「山尾」

「はい？」

「寄り道だ」

愛之助は山尾の手を引くと、廊下に面した小部屋に入る。

「何をなさるんですか」

「すぐに済む」

山尾を横たえると、裾を割って手を入れる。

「おやめ下さい」

「口では嫌だと言っても、体は違うことを言っているようだぞ。たっぷり湿っている」

手早く下帯を外すと、愛之助が山尾にのしかかる。

あっ、と叫んで、山尾が仰け反る。白い喉首が露わになる。

愛之助がゆっくり猪母真羅を動かすと、ひいっと声を出して山尾は愛之助にしがみつく。声を出さないように愛之助の肩に口を押しつける。

（女を抱くのは久し振りだな）

まるで飯でも食うように、毎日、誰かとまぐわうのが当たり前の生活だったのに、雨海藩の刺客たちとの斬り合いで負傷してから、どういうわけか猪母真羅は元気がなくなり、愛之助も女をほしいと思わなくなった。ひょっとして、このまま男として使い物にならなくなるのかもしれぬ、とまで考えたが、どうやら杞憂《きゆう》だったようである。山尾の熟れきった肉体を目にした途端、猪母真羅は元気を取り戻した。

（どうやら、すっかり体は治ったらしい）

愛之助は安堵する。

「昨日、久し振りに雅之進が屋敷に戻ってな。えらい剣幕で怒っていたぞ。愛之助のことは気にするな、放っておけ、何をしたところで何のお役目にもついていない、ただの部屋住みのすることなんだから、と宥めたが、焼け石に水だったな。それどころか、父上が甘やかすからつけあがるのです、なんて叱られちまった。とんだ藪蛇さ」

父の玉堂がふふっ、と笑う。

「ご迷惑をおかけしました」

頭を掻きながら、愛之助が詫びる。

愛之助が市井で勝手気儘に暮らしていられるのは玉堂のおかげである。鷹揚で懐が広いから、愛之助が羽目を外しても笑ってくれるし、雅之進との緩衝体にもなってくれる。玉堂が雅之進のような頭の固い気難しい人間だったら、愛之助はとっくに麗門家から絶縁されていたであろう。

「そのうち、おまえに麗門家を潰されるんじゃないかと本気で心配していたぜ」

「わたしに、そんな力はありませんよ」

「おまえの代わりに自分が詰め腹を切らされるような不始末をしでかすんじゃないかと心配なのさ。口うるさいが、気の小さい男なんだよ。気は進まないだろうが、奉行所に顔を出して謝っておきな」

「はあ……」

確かに、気が進まない。

玉堂が手洗いに立ったときに、

「その後、いかがですか？」

愛之助が吉久美に訊く。

「おかげさまで」

吉久美がにっこり微笑む。

二十八

番町の屋敷を出ると、愛之助は神田花房町の道場に足を向ける。稽古で汗を流すつもりなのだ。

いつもは閑散としている寂れた道場なのに、今日は道場から稽古に励む門人たちの声が聞こえている。

格子から道場を覗いて、

（やはり、な）

愛之助は納得する。

佳穂がいるのである。

稽古着に身を包んで、門人たちと立ち合っている。

女性の門人というのは、陵陽館が始まって以来である。恐らく、他の道場にも滅多にいないであろう。

しかも、若くて美しい上に、大旗本の姫なのだ。

興味を持たない方がどうかしていよう。

だからこそ、普段はそれほどマメに稽古に通って来ない門人たちまで、いそいそとやって来るのであろうし、あまり道場に顔を見せず、師範代の天河鯖之介に門人たちの稽古を任せきりの道場主・三枝如水までが人が変わったように熱心に門人たちに稽古をつけるのであろう。

陵陽館がこれほどの活況を呈するのを、愛之助は見たことがない。すべては佳穂のおかげである。

（女の力は、それほどすごいということか）

稽古着に着替えて、愛之助が道場に出る。

「おお、愛之助ではないか。もう怪我はいいのか？」

如水が声をかける。

「おかげさまで傷は癒えました。しかし、だいぶ体が鈍っているので、少し汗をかきに来たのです。鯖之介はいないのですか？」

「今日は来られぬらしい。天河に代わって、久し振りにわしが相手をしてやろう」

「え、先生がですか」

「うむ。用意ができたら声をかけなさい」

「はい」

道場の隅で、一人で形取りをする。

しばらく続けると汗が出てくる。十分に体が温まった頃合いを見て、

「先生、お願いします」

と、如水に声をかける。

「よし、他の者は、しばし休むように」

如水が言うと、門人たちが壁際に正座して居並ぶ。

佳穂も坐る。

「遠慮はいらぬぞ。いつでも好きなように打ちかかってきなさい」

「は」

愛之助と如水は、互いに中段に構えたまま向かい合う。剣先を動かして、相手との間合いを測る。

（いかん）

如水と対峙《たいじ》すると、愛之助は如水の眼力に気圧《けお》されてしまう。木刀を交える以前に、すでに負けているようなものだ。

咄嗟に愛之助は目を瞑る。まさか稽古で浮遊剣を使うつもりはないが、如水の眼力から逃れるには、そうするしかない。

愛之助が中段から上段へと構え直そうとしたとき、ぴしっ、と小手を打たれる。

「え」

驚いて、愛之助が目を開ける。

すぐ目の前に如水がいる。

しかも、目を瞑っている。

「どうだ、まいったか」

如水が目を開ける。

「まいりました」

「目を瞑るのはいい。しかし、心の雑念を消すのに手間取ったな。だから、わしの気配を察知できなかったのだ」

「先生は一瞬で雑念を消したわけですね？」

「それは違うな。最初から雑念などないのだ」

如水がにやりと笑う。


稽古の汗を流すために、愛之助が井戸端で水を浴びていると、

「どうぞ」

佳穂がやって来て手拭いを差し出す。

「ありがとう」

「愛之助さまも如水先生にはかないませんのね」

「ええ、まるで歯が立ちません」

「愛之助さまが目を瞑ったときは驚きました。如水先生も目を瞑ったときには、もっと驚きました。今まで見たことも聞いたこともありませんが、放念無慚流のみの剣技なのでしょうか？」

「さあ、どうなのでしょう。わたしにはわかりません」

体を拭きながら、愛之助が答える。

「わたしも真剣にこの道場に通って、如水先生の教えを受けようと考えているのですが、入門を認めていただけるでしょうか？」

「先生は喜ぶでしょうが……。ご両親は許して下さるのですか？」

「何とかするつもりです」

佳穂がうなずく。

「ところで、潤一郎はどうしていますか？」

「ああ、兄は……」

佳穂が口籠もる。

「どうかしたのですか？」

「気になることを言っていたものですから」

「気になること？」

「愛之助さまだから申し上げますが……」

佳穂は愛之助に近付き、声を潜める。

愛之助は上半身が裸だが、別に気にならないらしい。

「おれは、剣も使えるし、学問にも励んできた。そのおれが部屋住みで燻り、唐沢家の厄介者として生きていかなければならないのは、ご公儀が間違っているのではなかろうか

「……そんな大それたことを言うのです」

「ご公儀が間違っている、と？」

さすがに愛之助も驚く。

幕府を批判することが許される時代ではない。

しかも、潤一郎は大旗本家の次男なのだ。

表沙汰になれば、ただでは済まない。

「誰かに言いましたか？」

「いいえ」

佳穂が首を振る。

「こんなこと、誰にも言えません」

「わたしも自分の胸だけに納めておきます」

「兄と話していただけますか？」

「近いうちにお屋敷を訪ねることにしましょう」

「よろしくお願いします」

二十九

翌日、愛之助は昼過ぎに井筒屋を出る。

思い詰めたような難しい顔で、しかも、機嫌が悪そうだ。

だから、お藤もお美代も黙って見送る。

愛之助の足は下谷に向かう。

以前、帰蝶に案内されて行った方である。

武家地だ。

人通りは、ほとんどない。

旗本屋敷の白い塗り塀に沿って、背の高い木が立ち並んでいる。その陰にしゃがみ込むと、美女丸を掻き抱いて目を瞑る。

一刻（二時間）ほど経ったであろうか……。

愛之助が目を開けて立ち上がる。美女丸を腰に差し、大きく伸びをする。

木の陰から姿を現す。

向こうから親子連れがやって来る。

久保道之助と倅である。

愛之助が往来の真ん中に立ち、二人に向き合う。

「……」

久保が愛之助に気が付く。

足を止め、じっと愛之助を見つめる。

身を屈め、子供に何かを囁く。

子供は大きくうなずくと、小走りに久保から離れていく。先に帰りなさい、とでも言われたのであろう。怪訝そうな顔で、愛之助の傍らを子供が走りすぎていく。

やがて、子供の姿が見えなくなると、久保が愛之助に近付いて来る。

「おれと一緒に来るか？」

愛之助が口を開く。

「どこにだ？」

「奉行所に連れて行く」

「奉行所だと？　おれは御家人だぞ」

「商家を襲って町人たちを殺したのだから、町方の裁きを受ければよかろう」

「断る」

「ならば、若年寄さまのところに行くか？　組頭も責められ、家族も咎を受けることになるだろうが、何もかも正直に申し上げれば、お慈悲があるやもしれぬ」

「ふんっ」

　久保がふっと笑う。

「そんなことは望んでおらぬ」

「では、何を望む？　いかに小普請の貧乏暮らしが辛いとはいえ、押し込みで手に入れた金で幸せになることができるのか？　家族が喜ぶのか」

「自分や家族が贅沢をするためにやっているのではない」

「では、なぜだ？」

「世の中をよくするために決まっている。徳川が天下を取って百年以上になる。大きな戦もなくなり、天下は太平になったが、下々の御家人は貧苦に苦しみ、怠惰な旗本は遊興に耽って悪さばかりしている。上にいる者たちは悪徳商人どもと手を組んで私腹を肥やし、御政道を蔑《ないがし》ろにしている。将軍家を支えて、正しき政を為すべき者たちが腐りきっているのだ。今一度、関ヶ原が必要だ。但し、今度の相手は豊臣ではない。徳川の獅子《しし》身中の虫との決戦だ……」

　戦を始めるには金がいる、それも莫大な金がいるのだ、と久保が言う。

「だから、罪のない町人たちを殺して金を奪ってもいいというのか？」

「罪がないだと？　おまえは何も知らぬのだ。薄汚い役人たちに賄賂を贈って私腹を肥やす腹黒い商人たちなのだ。そのせいで、多くの庶民が苦しんでいる。奴らが死ねば、少しは世の中がよくなる」

「きれい事を言うな。そんな屁理屈《へりくつ》が女や子供、年寄りを殺す理由になるものか」

「息子は大きくなれば、親の後を継ぐ。親と同じように悪事に手を染める。妻や娘は悪事で稼いだ金で贅沢三昧をする。年寄りとて同じこと。誰もが同じ穴の狢《むじな》なのだ」

「何を言ったところで、おまえは人殺しだ。盗賊の仲間ではないか。悪徳商人の家族など生きていても仕方がない、どうせ大きくなれば親と同じことをするのだから、さっさと殺してしまえというのなら、盗賊の家族も殺してしまえという理屈になるのではないのか？おまえの息子も成敗してよいのか」

「何だと？」

久保道之助の顔色が変わる。

「よほど学問ができるらしいが、そんな簡単な理屈もわからぬのか」

「……」

久保道之助が愛之助を睨む。

「煬帝とは何者だ？」

愛之助が訊く。

「ん？」

「なぜ、おれの名前を知っていた？」

「ふふっ……」

久保が笑う。

「何がおかしい？」

「だから、おまえは何もわかっていないというのだ。世の中のこともわかっていないし、自分のこともわかっていない」

「何の話だ？」

「もう無駄話はよせ」

久保が刀に手をかける。

「ここで斬り合うつもりか？　命を惜しんだら、どうだ？　家族が悲しむぞ」

「奉行所には行かぬ。若年寄さまのところにも行かぬ」

「罪を償う気持ちはないということだな」

「ない。自分が正しいと思う道を進むだけのこと。ここで、おまえを斬り、これからも押し込みを続ける。その金が世の中を変えることになるのだ」

「そういう考えなら、もう何も言うまい」

愛之助が美女丸を抜いて正眼に構える。

「……」

久保は柄に触れたまま、刀を抜こうとはしない。じっと愛之助を見据えながら、じりじりと間合いを詰めてくる。

（やはり、居合いか）

鯖之介の言った通りだ、と愛之助は思う。

居合いを使う剣客との戦いは、初太刀が勝敗を決する。久保の初太刀を受け損ねたら、愛之助が負ける。初太刀をしのぐことができれば、愛之助が勝つだろう。

呉服問屋の座敷で向き合ったとき、

「おまえのかなう相手ではない」

と、煬帝が久保を止めたのは、そのとき久保が抜き身を手にしており、居合いを使うことができなかったからだと、今になって愛之助にもわかる。普通の斬り合いでは、久保は並の使い手に過ぎないということだ。

一般の剣術と居合いは、まるで違うのだ。

久保の間合いに入ってしまえば、もはや愛之助に勝ち目はない。

だが、相手から離れたままでは、久保を斬ることができない。

（間合いを外さねばならぬ）

相手に有利な間合いを取らせないように、相手の心に乱れを生じさせる必要があるのだ。

愛之助が目を瞑る。

美女丸が左右に揺らめく。

浮遊剣である。

（どうした、来るがいい）

目を瞑っているから、久保の動きは愛之助にはわからない。全身の神経を研ぎ澄ませて、相手の動きを感知するしかない。

だが、久保は動かない。止まった。

愛之助が何をしようとしているのか訝っているのであろう。

二人の呼吸音、風が微かに吹いていく音、あとは何も聞こえない。

（なぜ、来ない？）

愛之助の額に汗が滲む。心に焦りが生じる。

久保が何をしているのか、何をしようとしているのか、目を開けて確かめたいという衝動が起こる。

しかし、目を開けた瞬間、愛之助は居合いの餌食となり、骸となって久保の足許に転がるであろう。それがわかっているから愛之助は必死に堪えている。

と、突如として凄まじい殺気が愛之助に押し寄せてくる。鳥肌が立ったほどだ。

極限状況に至ると、浮遊剣は夢想剣ともなる。

もはや自分の意思で剣を扱うのではない。

本能の命ずるままに体が勝手に動くのだ。

ガシッ、という鋭い金属音が響き、次の瞬間、あたりに濃厚な血の匂いが漂う。

この金属音は、美女丸が居合いを受け止めたときの音であり、受け止めて撥《は》ね返すや、美女丸が久保の脇腹を切り裂いた。

「……」

愛之助が目を開ける。

久保が地面に片膝をつき、口から血を吐きながら、愛之助を見上げる。

「見事な腕だ。さすが煬帝の……」

言葉の途中でばったりと横倒しになる。

生死を確かめるまでもない。

すでに絶命している。

血の滴る美女丸を下げたまま、

「煬帝か」

愛之助がつぶやく。

三十

「御家人・久保道之助を成敗いたしました」

老中・本多忠良が頭を垂れる。

「その者は、煬帝の一味だったのだな？」

「は」

「そうか……」

難しい顔で溜息をついたのは、八代将軍・徳川吉宗である。もう六十歳で、将軍になってから二十七年になる。

「厄介なことよのう。旗本奴に手を焼いているというのに、今度は、これか」

「旗本奴どもは、煬帝に比べれば、かわいいものでございます。暇を持て余した旗本の子弟が悪さをしているだけに過ぎず、ご公儀に逆らうような大それたことをするわけではございませぬ。徳川の家臣という立場を失ったら、困るのは自分たちでございますから」

「うむ」

「いかに旗本奴が悪さをしたとしても、まさか町方に捕らえさせるわけにもいきませぬ。かといって、組頭に命じて捕らえさせれば、取り調べをして裁きを受けさせなければなりませぬが、それは徳川の恥を天下にさらすことになりますので、避けなければなりませぬ。それ故、麗門愛之助に命じて、手に負えぬ者どもを斬らせていたわけでございます。しかし、煬帝は、それでは済みませぬ。なぜなら、仲間が増え続けているからでございます」

「いったい、何をするつもりなのだ？」

吉宗が怪訝な顔になる。

「これを」

本多が吉宗ににじり寄り、古ぼけた冊子を差し出す。

「ん？　これは……」

「覚えておられませぬか、『徳川申命記』にございます。どういうわけか、煬帝は、それを持っており、その内容に従って行動しているようなのでございます」

「……」

吉宗が冊子を手に取り、ぱらぱらとめくる。

ざっと内容に目を通すと、

「煬帝は幕府を倒すつもりなのか？」

「まさか倒幕まで企図しているとは思えませぬが、徳川家のためになることをするつもりだとも思えませせぬ」

「ううむ、こんなもの、この世から消しておくのだった。今更だが、何とも悔やまれる」

吉宗が顔を顰める。

『徳川申命記』が世に出たのは、吉宗が将軍になって一年目、まだ右も左もわからず、老中たちの言いなりになっていた頃だ。二十六年も昔の悪夢が今になって甦ってきたのだ。

「久保という御家人が煬帝の仲間だとわかっているのなら、久保と親しくしていた者たちを根こそぎ捕らえてしまえばいいのではないのか？」

「煬帝の居所はわかりませぬが、何人かの仲間はわかっております。いずれも久保と同じく御家人どもでございます」

「その者たちを捕らえて吟味すればよかろう」

「それは、よろしくありませぬ」

「なぜだ？」

「煬帝の仲間がどれくらいいるのかわからないからでございます。その何人かを捕らえるのは容易ですが、それによって煬帝一味が暴発するようなことになれば、大変な騒ぎになりましょう。しかも、その一味は、恐らく、旗本や御家人の子弟が中心なのですから」

「ならば、どうするのだ？　放っておくのか」

「まずは煬帝一味について、もっと詳しく調べなければならぬと存じます」

「そうか」

と、うなずいてから、ふと吉宗は、

「煬帝も、麗門に斬らせるのか？」

「そのつもりでおります。なぜなら、煬帝を斬るのは、麗門愛之助が最もふさわしいからでございます」

本多が答える。

三十一

「すまぬ」

「なぜ、謝るのですか？」

　愛之助に腕枕されているお耀が、不思議そうな顔で愛之助を見る。

「乱暴に抱いてしまったからさ」

「構いませんよ。また血を流したのですね？」

「ああ、人を斬った。悪いことをしたとは思わないが、どうにも後味が悪い。その上、血が熱くなって女がほしくなる」

「わたしを思い出して下さったんですね。嬉しい」

　お耀は目を瞑って唇を差し、

「吸って下さいますか？」

「うむ」

　愛之助がお耀の口を吸う。

　猪母真羅がむくむくとまた大きくなる。


（つづく）

本作は書き下ろしです。

中公文庫

ちぎれ雲《ぐも》（一）《いち》
——浮遊《ふゆう》の剣《けん》

2024年3月25日　初版発行
2024年11月15日　7刷発行

著　者　富樫倫太郎《とがしりんたろう》

発行者　安部順一

発行所　中央公論新社
〒100-8152　東京都千代田区大手町1-7-1
電話　販売 03-5299-1730　編集 03-5299-1890
URL https://www.chuko.co.jp/

DTP　嵐下英治
印　刷　大日本印刷
製　本　大日本印刷

Published by CHUOKORON-SHINSHA, INC.
Printed in Japan　ISBN978-4-12-207497-2 C1193